11月そして12月

樋口有介
Yusuke Higuchi

中央公論新社

11月そして12月

1

公孫樹《いちょう》の葉の青さに、ふと季節感が混乱する。湿度の低い光が穏やかに拡散し、セピア色の空気をアシナガ蜂の羽音がかきまわす。舞いあがる枯葉はなく、『高田馬場一丁目公園』と書かれたコンクリートの柱も、欠伸《あくび》が出るほどの灰色に静まっている。

明治通りは越えたはずだから、池袋と新宿の中間あたりだろう。十一月になっても日射しはなめらかで、狂い咲きのタンポポが眩しく黄色い花を震わせる。風もブルゾンのジッパーをかけるほどではなく、花の終わった金木犀《きんもくせい》の枝が長く西日をひいてくる。小鳥も仔猫も子供もいなくなり、背広やビニールサンダルが足早に敷地を横切っていく。ぼくはベンチから腰をあげる気にならず、カメラの標準レンズを左手に、もう三十分も疲れた足を休めている。

今日は朝の十時に浦和の家を出て、収穫のないまま上野から高田馬場まで歩いてしまった。湯島天神や伝通院ではカメラを構える場所に不自由しなかったが、『都会の生き物』というテーマでは納得できる被写体に出会えなかった。電信柱にはカラスがとまっていて、モズもアキアカネも予想以上に東京の空を飛んでいる。それでも並木の桜に毛虫の姿はなく、用水に渦を巻く蚊柱も見当たらない。昆虫や動物を撮《と》りはじめたのは今年の三月だから、冬の東京にどんな生き物が待っているのか、楽しみでもあり、不安でもある。

日だまりの砂場からスニーカーの先に目をやって、地面を這う黒い虫が目にとまり、驚きを感じながら、ぼくはアングルファインダーをカメラにセットする。レンズで追いはじめた虫は長さが二センチほど、腹のくびれや触角の動かし具合はオサ虫かゴミ虫の類いだろう。夏場なら空地やゴミ捨て場でいくらでも見かける昆虫だが、こんな季節にのんびり公園を散歩している光景は、あまり馴染《なじ》みがない。図鑑にのっていない新種ということもないだろうから、天候のせいで血迷ったか、都会に合わせて無頼に生きる気にでもなったのか。最近は浦和の用水路にもカワセミが棲《す》んでいるし、フィリピンからアカバネアゲハという熱帯蝶も飛んでくる。十一月にゴミ虫が一匹ぐらい高田馬場を歩いていても、もしかしたら、驚くほどの現象ではないのかも知れない。

アングルファインダーを構えたまま、腰を屈《かが》めてマクロ撮影をつづけていたとき、白い影がレンズを横切り、次の瞬間、鼻面の黒い丸い目が、無礼にも反対側からカメラをのぞいてきた。一瞬、ゴミ虫が変身したのか、と思ったが、そうではなく、ファインダーから目をあげたぼくの顔を、フランスパンほどの白い犬がとぼけた目で見返していたのだ。似たような白い犬はほかにも二匹いて、声を出しかけたときには、被写体だった昆虫はもう犬たちの玩具にされていた。せっかくライフスタイルを変えようとしたのに、ゴミ虫にはやはり、季節はずれの東京は棲みにくい街だったらしい。

視界にコーデュロイパンツとショートブーツのつま先が割り込んできて、そのときになってやっとぼくは納得した。アルプスの草原ではあるまいし、こんな仔犬が三匹も自由行動をしているはずはない。犬たちの首からは細い紐がのびていて、紐の先が爪を短く切った指の長い手に握られている。それだけでも息がつまりかけたところに、さっきの犬がレンズの先をぺろりと舐《な》め、ついにぼくは、地面に尻餅をついてしまった。

「あ、その……ごめん」

昆虫の撮影を邪魔され、七万五千円もするレンズをぺろりとやられたのに、ぼくのほうが謝ってどうするのだ。

犬の紐をにぎっていたのは、ちょっと傲慢な目をした顔の小さい女の子で、ぼくの挨拶にも眉をしかめて、ほんの少し口をすぼめただけだった。ぼくが慌てているのも、地面に尻餅をついているのも、本当は彼女の責任なのに。

三匹の仔犬が女の子の足元にじゃれていき、ぼくも地面から腰をあげて、ジーンズの尻を、わざと大げさに払ってやった。抗議の行動としては、それが精一杯の意思表示だ。

「あんた、変わってるわね」と、足に犬をじゃれさせたまま、距離をつめずに、女の子が言う。

「なにをしてるの」

「ゴミ虫を撮っていた」

「ふーん」

「オサ虫だったかも知れない」

「カメラマン？」

「アマチュア」

「虫なんか撮って、どうするわけ」

「写真集を出す……いつか、さ」

女の子が肩をすぼめ、短い髪をふって、二重の目のバランスを怒ったようにゆがめてみせる。小さい顎《あご》に小さい鼻に目だけが大きく、ふつうにしていても怒っているように見える顔だ。

ぼくにはもう言葉が見つからず、仕方なくベンチに戻って、犬に舐められたレンズをガーゼでふきはじめる。意識は彼女のほうに向いているのに、言葉も表情も、頭からはなにも出てこない。自律神経でも混乱したのか、わきの下からは冷たい汗が流れ出す。

レンズを舐めた犬が顔をあげ、もがきながら紐をひいて、生意気にも、ぼくの足にまとわりついてくる。犬に好かれる体質でもないはずだから、スニーカーが気に入ったかカメラが気に入ったか、そんなところだろう。ぼくはお愛想にカメラを向け、ひとつシャッターを切ってやる。

女の子が犬たちをなだめながら、手シャベルとビニール袋を地面に置き、鉄棒の端に紐を結んで、肩で大きく息をつく。

「たまには散歩をさせないと、この子たち、ヒステリーを起こすの」

返事をするべきか、しばらく迷ったが、動悸と耳のほてりを我慢して、ぼくが言う。

「うちでも昔、犬を飼っていた」

「そう」

「テリアの雑種」

「もういないの？」

「中学のときに死んだ」

「病気？」

「交通事故」

「犬も大変よね。東京では独《ひと》りで歩くこともできないんだから」

女の子がベンチの向こう側に腰をのせ、足を組んで、カーディガンのポケットからとり出したタバコに、ライターで火をつける。十七、八かと思っていたが、横顔の口の結び方やうなじの雰囲気は、もう少し上らしい。

「カメラを舐めたのがパピヨン。毛の茶っぽいのがペキニーズで、もう一匹がビション・フリーゼ」

犬の種類を言ったのだろうが、聞いたところで、ぼくには分からない。その喋り方に熱意のようなものは感じられず、返事を期待している表情でもない。風が出ていて、もう少しで日が沈むあいまいな時間には、だれだって独りごとを言ってみたくなる。

「最近やっぱり、不景気なのかな。この子たちも買ってもらえないの」

「きみの犬では、ないのか」

「売りものよ。以前なら仕入れて、一ヵ月もお店にいなかったのに」

みな同じように白くて、似たような丸っこい犬ではあっても、言われてみればそれぞれに顔立ちや毛並みは異なっている。首をつないでいる紐も家庭用の犬鎖とはちがうようだし、首輪には鑑札も見当たらない。犬たちが売りものなら、彼女はペットショップの店員かなにかだろう。

女の子がタバコを足元にはじき、ブーツの底で踏みつぶしてから、右手の親指を口にもっていって、その爪を嚙みはじめる。華奢な顎のわりには肩に筋肉の厚みがあり、首筋には不似合いなほどの日灼けあとが見える。

突然やって来た居心地の悪さが、可笑《おか》しいほど明快で、ぼくは冷汗を抱えたまま、カメラを構えて鉄棒の前へ向かう。空はまだ明るく、露出の切りかえもフラッシュも必要はない。飼われている生きものを撮る趣味はなくても、女の子に話しかける言葉が見つからないのだから、このパフォーマンスも仕方はない。

犬の視線と同じ位置から十枚ほどシャッターを切り、三匹の種類差をやっと納得しかけたとき、女の子がベンチから声をかけてくる。

「あんたの家、この近く？」

「遠くはないかな」

「パピヨン、あんたのことが気に入ったみたい」

「スニーカーが気に入っただけさ」

「十五万円よ」

「なにが」

「犬の値段」

「ああ、そう」

どうでもいいが、犬を売りたいなら、もう少し愛嬌のある言い方をすればいいものを。

「ペキニーズが十四万円で、もう一匹が十六万円」

「カメラより高いな」

「お店の人に言えば値引きしてくれると思う」

「犬は飼いたくないんだ。猫も鳥も熱帯魚も」

「動物、嫌い？」

「好きだけど、人間に飼われて、彼らが幸せになるとは思えない」

犬たちにカメラを向けながら、本当はなん枚か彼女に焦点を合わせていたが、気がついていないのか、女の子は無表情な目で、じゃれまわる犬をただ眺めているだけだった。コーデュロイパンツに生成りのカーディガンという、どこにでもある服装なのに、どこにでもいる女の子とはどこかに少し、ちがう感じがする。

「きみ、ペットショップに勤めているの」

「アルバイト」

「動物が好きなんだ」

「人の相手をするより、楽なだけ」

終ったフィルムを巻き戻しにセットし、鉄棒の柱に寄りかかって、意識的に、ぼくは肩の力を抜く。

「おれも人間は苦手だ」

「カメラをやる人って、ネクラだものね」

「そうかな」

「虫なんか撮って、ネクラに決まってるわ。最初はあんたのこと、頭のおかしい人かと思ったわ」

「今の季節、ゴミ虫やオサ虫は珍しいんだ」

「あんたも珍しいわよ」

「晴川《はるかわ》柿郎《しろう》」

「え？」

「おれの名前」

「そう」

「きみは？」

「どうして」

「ただ、その、なんとなく」

女の子が頬をふくらませて、息を吐き、反動と一緒に、怒ったような顔で腰をあげる。それから女の子は鉄棒の横まで歩いていき、犬の紐をほどいて、地面からシャベルとビニール袋を拾いあげる。

「犬を飼う気、本当にない？」と、額の前髪をふり、ぼくの顔を見おろすように、女の子が言う。

風圧に押されて、ぼくの足が、自然に女の子から離れる。

「死なれるのって、困るしな」

「十年は生きるのに」

「それでもおれよりは先に死ぬ」

「この子たち、来週は問屋に返されるの。仔犬として売るには大きくなりすぎたから」

「自分で飼えばいいさ」

「アパートだもの」

「問屋に返されたら、どうなる？」

「ハンバーグにはされないだろうけど、邪魔にされるわね。この子たちの責任ではないのに」

ぼくの責任でもないはずだが、彼女の言い方がぼくを責めているような気がして、ぼくは、なんとなく恐縮する。ペットショップで売れ残った犬にまで責任をとれ、と言われたら、世の中のすべての不幸がぼくの責任になってしまう。

女の子が犬たちに声をかけ、ひとつ背伸びをして、横に向いていた肩を、半分だけぼくのほうへふり向ける。

「この子たち、あんたの写真を邪魔した?」

「レンズを舐められて、びっくりした」

「謝ったほうが、いい?」

「たぶんな」

「それなら謝るわ」

「うん」

「わたし、山口明夜《やまぐちあきよ》」

さっきは無視したのに、なぜ突然、名乗る気になったのか。

「明るい夜と書いてアキヨと読むの。変でしょう」

「そうでもない」

「気が変わったらパピヨンを買いに来て」

「気が変わったら、な」

「寒くなってきた」

「そうだな」

「じゃあね」

「うん、じゃあ」

女の子が肩をまわしながら唇をかすかに笑わせ、背筋をのばして、犬たちにひかれるように北側の出口へ歩いていく。華奢なわりに重心の高い、膝をまっすぐにのばした軽快な歩き方だ。その歩き方とふて腐れたような表情がへんにアンバランスで、生成りのカーディガンが公園から消えていくまで、立ったまま、ぼんやりとぼくは見惚れていた。女の子もパピヨンもなんとかフリーゼも、最後までふり向いてはくれなかったが、ぼくの気分は素直に充実していた。一週間前に測量助手のアルバイトを辞《や》めてから、家族以外で口をきいたのは彼女が初めてだった。それも動物に対する価値観まで話し合い、名前まで聞いてしまったのだ。公園で出会っただけの女の子とこれほど決定的な交流をしたのは、ぼくの二十二年の人生でも、初の快挙だ。

ぼくは茫然としている自分の頭を、拳でこつんと叩いてやり、ベンチに戻って、カメラやアングルファインダーをバッグに仕舞いはじめた。風は穏やかだが空気は冷たくなっていて、日足をのばしていた太陽も建物の西側にまで、低く身を隠していた。暮れ残りの空をカラスが高く飛び、明治通りを走るクルマの音が聞こえ、それでも公園を横切ってくる人影は見当たらない。犬にレンズを舐められたことも、山口明夜に会ったことも名前を聞いたことも、ベンチで居眠りをしていたあいだの、ただの夢だったのかなと、一瞬ぼくは、不安になる。

バッグを担いで、立ちあがり、そのときぼくはスニーカーの爪先に、タバコの吸い殻を見つける。つぶれているのは火種の部分だけで、フィルターにはピンク色の口紅が残っている。山口明夜という女の子は、そういえばうすく、ピンク色の口紅をつけていた。

ぼくはバッグを担ぎなおし、背中に内側からの熱を感じながら、その吸い殻をぽーんと蹴飛ばしてみる。砂埃が足元をうしろに流れていき、クルマの音に混じって、空の低いあたりからカラスの鳴き声が聞こえてくる。行くあてもないのに、家へ帰る気分にもならないのは、なんのせいだろう。一人で酒を飲む習慣はないし、会いたい友達もいない。大学へ入った年にしばらくつき合った女の子の顔が思い出されたが、会ったところで、お互いに話すことはない。彼女にとってぼくが「退屈な人」であることは、一年の時間がすぎても同じことだろう。

「明るい夜と書いてアキヨと読む、か」

背中にまた汗がにじんできて、青すぎる公孫樹《いちょう》の葉を見あげながら、大きく、ぼくは深呼吸をする。

*

高田馬場で『博士の異常な愛情』と『ロミオとジュリエット』の二本立て、という凄い映画を観てしまったおかげで、浦和の駅に戻ったときには十時になっていた。太田窪《だいたくぼ》の家はぼくが三歳のときに建てたというが、それ以前は品川の都営住宅に住んでいた。昔からたいして変化のない町で、とくに駅の東側は再開発の気配すら見られない。親父も姉貴も勤めは都心、家の近くに運動公園や競馬場はあっても、ほかに名所旧跡があるわけでもない。地元に愛着を感じるには、浦和という町は東京に近すぎる。

改札を東口に出て商店街のほうへ歩きかけたとき、うしろからカメラバッグの肩紐を摑んだやつがいて、失礼にも、黙ってぼくの足をとめてきた。

立っていたのは姉貴で、セミロングの髪を耳のうしろにかきあげながら、皮肉っぽい目で口の端をゆがめている。

「さっきから合図してたのに、シロウ、なにを気取ってるのよ」

「気がつかなかった。気取っていたわけでは、ないけど」

「あんたって注意力が不足しているわ。男なら少しは毅然としなさいよ」

大きなお世話だし、それに注意力が足りないことと毅然とすることのあいだに、論理的な関連はない。顔には出ていないが、姉貴は酒を飲んでいるらしく、素面《しらふ》のときよりも両目の位置が少しまんなかに寄っている。

「そんなバッグをもって、またカメラで遊んできたんでしょう」

「姉さんより趣味はいいさ」

「なんのことよ」

「姉さんみたいに、男で遊ぶよりは」

ひそかに反論を期待したのに、どういうわけか、今日に限って、姉貴は前歯で下唇を嚙んだだけだった。仕事で疲れているのか、酒を飲みすぎたのか。しかしそれにしては、目が怒っている。

「シロウ、あんた、暇でしょう」

「家へ帰るところだもの」

「ちょっとつき合いなさいよ。わたし、今日はこのまま、家へは帰りたくないの」

やばいな、とは思ったが、素直に帰りたくないのはお互い様で、こんな時間に駅で捕まってしまったのも、姉弟《きょうだい》の因縁だろう。それに姉貴には、たまに金を借りる義理がある。

出口へ向かいはじめた姉貴のあとを、ぼくも黙って歩き出し、今日一日が平和に終わりそうもない予感に、軽く肩をすくめた。姉貴も酒を飲んで説教さえしなければ、姉弟として、それほどつき合いにくい相手ではないのだが。

東仲町商店街を抜けて姉貴がぼくを連れていったのは、路地の奥に暗い電気看板を出している『ロックンロード』というスナックだった。二度ほど一緒に来たことがあって、噂では昔、マスターは暴走族だったという。姉貴も常連というほどでもないらしいが、どこへ行っても常連客のように振舞える性格は、弟として、尊敬の対象ではある。

ぼくをカウンターの一番奥の椅子に押し込み、マスターと五分ほど『F1』の議論をしてから、水割りのグラスを分配して、姉貴が言う。

「今日、エッセイストの森海生に会ったのよ。うちの雑誌に連載を頼もうと思ってね。そしたらあいつ、連載一回について一発やらせろだって。噂は聞いていたけど、あれほどイヤなやつだとは思わなかったわ」

姉貴の仕事は二十代後半男性向け総合月刊誌の編集で、その雑誌にはヌードとクルマと政治とセックスの話題が混沌とつめ込まれているから、親父もぼくも、お袋には知られないところで、密かに愛読している。海外取材に出かけたりアダルトビデオの撮影現場に突撃潜入したり、うらやましいような仕事だ。それでもストレスはたまるらしく、ぼくを相手に愚痴を言うのも姉貴にとっては、手軽な娯楽なのだろう。

「姉さん、一発を、OKしたんだ」と、つ、き、だ、しに出たピーナツをかじりながら、グラスに口をつけて、ぼくが訊《き》く。

「冗談じゃないわよ。あんなにやけた男に安売りするもんですか。プロレスラーを相手にオカマでも掘ってろ、と言ってやったわ」

「連載は、だめだったのか」

「それがね、わたしの心意気が気に入ったとかって、半年分の原稿を約束したわ。どうせ時間をかけて口説く魂胆なのよ。向こうがその気ならこっちも、その下心を利用してやるだけ。最後には思い知らせてやるわ」

一度姉貴のペースにひき込まれたら、森海生というエッセイストも、たぶん無傷では済まされない。姉貴に係わって痛い思いをした男を、子供のころからぼくは、何人見てきたことか。

「今度だけは許せないのよ。ねえシロウ、わたしいつか、あいつを殺すかも知れないわ」

「原稿はとれたんだし、殺す必要まではないだろう」

「森海生のことじゃないの。高橋の話。奥さんに子供を生ませるなんて、許せると思う？　それも双子《ふたご》だなんて……」

どこで話題を変えたのか、怒っているのは仕事の相手ではなく、高橋睦夫という恋人のことらしい。詳しいことは知らないが、その男はアパレルメーカーの専務かなにかで、もう何年か姉貴と不倫の関係をつづけている。不倫だから女房子供がいるのは当然で、それを今更「許せない」と言われても、相手のほうが困るだろう。

「わたしにはいっさい相談なし。離婚の準備をしているなんて、先月まではそう言ってたのよ。離婚の準備をしている男が、どうして子供をつくるのよ。どうして双子なんか生まれるわけ」

「双子というのは、ちょっと、大変だな」

「そうでしょう。これで子供は三人よ。口では奥さんと別れるなんて言うけど、信じられると思う？　わたしの青春はどうしてくれるのよ」

駅で会ったときから、姉貴の目つきに不穏な気配が漂っていた理由は、なるほど、そういうことか。

「わたしを裏切ったら、高橋の人生を目茶苦茶にしてやる。奥さんも子供も、ぜったい許さない」

「冷静になれよ」

「軽く言わないで。奥さんと別れると言うから、今までつき合ってたんじゃない」

「別れると言うなら、待つしかないさ」

「だけど、双子までつくって……」

下からキッとぼくの顔を見あげ、赤くぬった唇を夜叉のようにゆがめて、姉貴が鼻を鳴らす。

「奥さんと別れるつもりの人が、子供なんかつくる？　そんなことをされて、わたしの立場はどうなるのよ。わたしがおろした子供には、だれが責任をとるわけ」

「姉さん……」

「なによ」

「子供って？」

「わたしと高橋の子供。今年の春におろしたの」

「知らなかったな」

「仕事でベトナムへ行くと言った、あのとき。本当は千葉の病院に入院していたの」

こういう告白は、深刻にされても面倒だが、気楽に言われても返事に困ってしまう。肩に疲れが出て、背中が痛くなって、それでもぼくは、なんとか言葉を探し出す。

「姉さん、もっと早く言えば、よかったのに」

姉貴が目の端にぼくの顔をひっかけ、小鼻の横に皺をつくって、また強く鼻を鳴らす。

「シロウに言ってどうするのよ。あんたがグズで頼りないから、そのお陰でわたしが不幸になるんじゃない。高校も中退、大学も中退、仕事もしないでカメラなんかいじってて……」

「今は、その話ではない」

「ぜんぶ関係があるのよ。わたしの人生は家族の歴史でもあるの。あんたが頼りなくて、親父が浮気をしていて母さんがカルチャーセンターに狂っていて、そういうことの帰結としてわたしの人生があるの。家族の不幸と社会の不幸を、わたしが一身で背負ってるんじゃない」

「一身に背負うのは、大変だ」

「そう思うならなんとかしなさいよ。高橋の家にのり込んで、わたしの代わりに談判してきてよ」

「それは問題が、ちがう」

「ちがってもちがわなくても、なんでもいいの。わたしが幸せになればそれでいいの。あんたはあいつの奥さんを押し倒して蹴飛ばして、あとはクルマでひき殺してくればいいのよ」

「姉さん、飲みすぎだよ」

「こんなときに飲まなかったら、お酒なんて一生飲めないわ」

「その……」と、耳たぶが赤くなった姉貴の横顔を、混乱して眺めながら、ぼくが言う。「父さんが浮気してるって、どういうことさ」

「知らなかったの」

「浮気をするタイプには、見えない」

「二十二にもなって、あんた、なにを寝ぼけてるのよ。世の中に浮気をしない男が、一人でもいると思う？」

「父さんには、だけど、似合わない」

「甘いわねえ。あんたって注意力が足らないのよ。母さんがお風呂に入っているとき、親父、だれかにこっそり電話してるでしょう。あれが仕事の相手だと思う？　わたしの目は誤魔化《ごまか》せないわよ。シロウや母さんとはキャリアがちがうんだから」

「キャリアは、たしかに、ちがうな」

「どうでもいいけどね。でも家にもめ事はもち込んでほしくないわ。いい歳をして浮気だとか不倫だとか、みっともないったらありゃしない」

浮気だとか不倫だとか、一生懸命もめているのは姉貴のほうで、そのくせ自分のことは棚にあげて他人に対してだけ客観的になれるところが、さすがに、キャリアのちがいなのだろう。

ぼくはなんとなく自棄《やけ》になって、ウィスキーを飲みほし、空になったグラスに自分でウィスキーを注ぎたす。

「姉さん、昔うちにいた松五郎、テリアだったよな」

「なんの話よ」

「十年前に交通事故で死んだ、あの犬さ」

「どうだったかしらねえ。スピッツと野良犬の雑種じゃない。松五郎なんて名前だったかしら」

「テリアの雑種だった」

「それがどうしたのよ。今の問題は高橋のことでしょう。あんた、わたしが殺人犯になればいいと思ってるわけ」

「姉さんがどうして、殺人犯になるのさ」

「高橋を殺して、あいつの奥さんも子供も殺して、わたしは東京タワーから飛び降りてやるわ。そうしたらシロウ、あんたは殺人犯の弟になるのよ」

「父さんと母さんは、喜ばないな」

「まじめに聞きなさいよ。今が家庭崩壊の危機だということ、あんた、まるで分かってないじゃない」

親父が浮気をしていて、姉貴が不倫の相手やその家族を殺して自殺でもすれば、それはたしかに、家庭崩壊の危機ではある。しかし親父の浮気話が本物とも思えず、姉貴も酔いが覚めたあと、まだ高橋という人を殺す気になるとも思えない。

「それで、ぼくに、どうしろって」

「だから言ってるじゃない。高橋の家にのり込んで、奥さんと話をつけてくるのよ」

「ぼく、が?」

「そんなみっともないこと、わたしにやれると思う?」

「姉さんがみっともなければ、ぼくだってみっともないさ」

「あんたは平気よ。どうせ暇なんだし、生きてること自体がみっともないんだから」

たまに金を貸してくれるからって、その論理はあまりにも、不公平だ。だいたい姉貴には自分の理屈だけ、根拠もなく、不当に信じるところがある。

「やっぱり、それ、姉さんの問題だと思うけどな」

「晴川の家が目茶苦茶になることが、どうしてわたしだけの問題なのよ」

「惚れたり、結婚したり別れたり、そういうのは個人的な問題さ。今までも姉さん、うまく処理してきたじゃないか」

「今までは、だって……」

「だれも姉さんのキャリアには、敵《かな》わない」

「だけど高橋の奥さん、双子まで生んだのよ」

「姉さんが頑張れば、五つ子だって生めるさ」

「シロウ、あんた……」

グラスに押しつけられていた姉貴の唇が、いやな形に震えだし、身構える間もなく、焦点のずれた目から涙がこぼれ出す。感情の起伏は大きいほうだろうが、これほどかんたんに涙を見せる姉貴も、記憶にない。

「分かった。今までとは、ちがうんだよな」

ぼくはとり出したハンカチを姉貴にわたし、グラスの氷を鳴らして、水割りを飲む真似をする。

「シロウ、わたしの言うこと、聞いてなかったわけ」

「聞いてはいたけど、複雑すぎて、理解できなかった」

「かんたんなことじゃない。あいつ、わたしと結婚する気なんか、最初からなかったのよ。奥さんとも別れるつもりもないし、この三年間、わたしを騙してきたの。わたしの子供はおろさせて、奥さんには双子まで生ませたの。人間として許せないと思うの、当然でしょう？」

「だからぼくを、殺人犯の弟に？」

「そうならないために頑張れって、そう言ってるのよ。あんた、わたしの言うこと、なにも聞いてないんじゃない」

　酔ったせいで論理が混乱しているのか、最初からぼくに責任を転嫁するつもりなのか、姉貴の涙を見ても、判断はし切れない。ぼくが頑張ったからって問題が解決するはずはないし、もともと不倫や浮気は、問題が解決しないからこそ生じる現象なのだ。二十七年も無茶をつづけてくれば、姉貴にだって少しぐらいは、人生のつけがまわってくる。

「なあ、姉さん……」と、半分呆れながら、それでもどこか気の毒になって、ぼくが言う。「具体的に、高橋さんとは、どういう話なのさ」

「奥さんとは別れる、それまで待て。高橋はそればっかり」

「待つ気はあるの」

「本当に別れるなら、そりゃあ、待ってもいいけど」

　ハンカチで鼻水を押さえ、視線をカウンターの向こう側へめぐらして、姉貴がため息をつく。

「わたしも最初は、信じていたわよ。自信だってあった。でも三年も待たされて、双子まで生まれて、どこまで信じていいのか分からなくなった。わたしだってさ、それほど若いわけじゃないし」

「気持ちでは高橋さんを、信じたいわけか」

「信じられれば、ね」

「高橋さんて、何歳《いくつ》?」

「四十二」

「四十二で専務なんだ」

「二代目よ。アパレルも景気が悪いから、気が弱くなってるのかも知れないけど」

「奥さんに会ったことは?」

「ないわよ。いいところのお嬢さんらしいけど、平凡でつまらない女だって」

「歳をとると、平凡でつまらない女の人のほうが、男は気が休まる」

「どういう意味?」

「テレビでそういうドラマをやっていた」

「わたしだってね、このままでいいとは思わないわよ。あんな男、その気になればいつでも奥さんに返してやれるのよ。だけどまだ決心がつかないの。高橋の本心がよく分からないの」

姉貴をここまでふりまわす高橋さんも、考え方によっては、ずいぶん大物だ。常識的には時間が解決する問題だろうが、時間にばかり期待していると、姉貴もすぐ三十になってしまう。

「そういえば、姉さん、思い出した」と、二つのグラスにウィスキーを注ぎたし、今夜はこのまま酔うことに決めて、ぼくが言う。「東京タワーには、飛び降りる場所がなかった」

「あら、どうして?」

「姉さんみたいな人がいるから、用心したんだろうな」

「東京タワーじゃなければ、わたし、飛び降りたくないわ」

「どうして」

「だって高島平なんかでは、格好悪いもの」

「三角関係のもつれなんて、みんな格好悪いさ」

「あんた、こういうときだけは、冷静なのねえ」

「姉さんに妻子もちの中年男は似合わない、そう思っただけさ」

「わたしだって、そうは思うわよ。でも理屈どおりにいかないのが男と女なの。シロウにもそのうち、分かるようになるわ」

　ウィスキーがなくなって、姉貴がバーボンのボトルを追加し、ついでにカウンターのなかに、海老焼売《シューマイ》とレバーのにんにく焼きを注文する。目からは涙も消え、鼻水もおさまり、今夜は気が済むまでくだを巻くことに決めたらしい。

「そうか、東京タワーには、飛び降りる場所がないのか……」と、新しいボトルの封を切りながら、自分の手元に目の焦点を合わせて、姉貴が言う。「いつもいつも、わたしだけ、不幸なのよねえ。東京タワーにまで嫌われたわ」

「生きてれば、いいこともあるさ」

「あんたは気楽よねえ。親父も母さんもシロウには、なにも期待しない。社会にも家族にも、まるで責任を感じない。あんた、少しは申しわけないと思うでしょう」

「少しは、な」

「シロウと人生をとりかえたいわ。いつも勝手なことをして、そのくせだれからも文句を言われなくて。高校なんか中退したら、本当は日本にだって住めなくなるのよ」

「大検をとおるのには、苦労した」

「大検をとおってせっかく大学へも入ったのに、また二年で辞めたじゃないの。カメラマンになりたければ、専門の学校もあるし、あんたが本気ならプロのカメラマンだって、紹介してあげるわよ」

「他人に教えてもらう必要は、ない」

「生意気を言うんじゃないの。学校を出たって仕事がないのに、自己流でプロになんか、なれるもんですか」

「プロになろうとは、思っていないさ」

「それじゃなんなのよ。ただの趣味？」

「趣味とか、仕事とか、そういう分け方はしたくない。人生のトータルとして、考えたいんだ」

「馬鹿ねえ。そういうのを趣味っていうんじゃない」

平らな眉間に皺をつくり、つき出した顎に力を入れて、姉貴が大げさに、鼻から息を吐く。

「少しは現実を直視しなさいよ。人生はシロウが思ってるほど、甘くないんだから」

「姉さんの生き方を見て、勉強はしている。もがけばもがくほど泥沼に嵌《は》まるのも、人生なんだよな」

いつもはこんな反論はしないのに、ウィスキーが自制心を弱めていたし、今夜は姉貴につき合うと決めた以上、ぼくにしても闘争《たたかい》の準備は必要なのだ。姉弟としての力関係は明白で、ぼんやりしていたらぼくのほうが、一方的に押し切られる。

「あんたはね、シロウ……」

できあがったレバーのにんにく焼きにフォークをつき立て、セミロングの髪をふりながら、姉貴が眉根に段差をつける。

「自分の幸運を家族に還元する義務があるのよ。時間と誠意をわたしに提供する義務があるの。わたしの人生が崩壊したら、あんたの人生もそれで終わってしまうのよ」

「そこまでは、考えなかった」

「子供のときに、迷子になったあんたをいつも捜してやったのは、わたしじゃない」

「姉さんには昔から、感謝している」

「高校のときだって、友達の妹を紹介してやったでしょう」

「あの子には彼氏がいたけどな」

「奪いとる勇気がなかったの。あんたには勇気も気力もなかった。だから一度ぐらい、男としての勇気を見せなさいよ。勇気と気力で、高橋の奥さんに会ってきてよ」

どうも、姉貴はぼくの言い分を聞いていないようで、よほどウィスキーがまわっているのか、高橋さんとの関係でパニックを起こしているのか。姉貴をここまで混乱させる高橋さんというのは、どんな人なのだろう。

「脅かすわけじゃないけど、シロウ、あんたも殺人犯の弟になんか、なりたくないでしょう」

「その話は終わった」

「それじゃなに、わたしに、一人で東京タワーから飛び降りろっていうの」

「東京タワーの展望台には、強化ガラスが張ってある」

「あら、それならあんた、わたしが高島平で自殺すればいいわけ？」

「姉さんに高島平は似合わないし、自殺もしてほしくないさ」

「それじゃどうすればいいのよ。高橋の奥さんは、なんで双子なんか生んだのよ」

「神からの試練かな」

「冗談じゃないわよ。神様ってそんなに馬鹿なの。試練ならシロウに与えるべきじゃない。わたしは二十七年間まじめに生きてきて、悪いことはしてないわ。どうしてわたしばっかり、いつもいつも、不幸になるのよ」

「神様に会う機会があったら、訊いてみる」

「あんたも諄《くど》いわねえ。最初から言ってるじゃない。神様なんかに訊かなくていいの。理由を訊く相手は高橋の奥さんなの。なぜ高橋と別れないのか、別れるつもりがあるのかどうか。そのことをはっきり訊いてくればいいのよ」

酔っていることは確かでも、不思議に話はその結論に落ち着いてくる。三角関係なんてだれか一人の決意で解消するはずなのに、だれも清算を言い出せないところが、こういう問題の複雑さなのだろう。

店に新しい客が入ってきて、カウンターに座り、マスターに声をかけながら、肩をまわして姉貴の顔をのぞき込む。顔見知りらしく、姉貴も華やかな叫声をあげ、ぼくを無視して颯爽と『F1』の話題に突入していく。姉貴の人格を知らなければ怒るところだが、ぼくだって二十二年間、人間関係にはそれなりの苦労はしているのだ。

姉貴の主張は「F1が衰退した原因は日本のターボ技術をレースから締め出した、ヨーロッパ人の傲慢さにある」というもので、直前まで人生の不幸を嘆いていたわりには、明快で分かりやすい解説だ。どんな環境にも素早く対応してみせるところが、さすがにマスコミの水なのだろう。

一人で家に帰ろうか、とも思ったが、姉貴の酒量が気になって、ぼくはやはりカウンターに残ることにする。失った青春を姉貴が『F1』で忘れてくれるなら、それも都合がいい。ぼくにしても家で親父の寝酒をかすめ飲むよりは、気分的に、ちょっとだけ、不良になれる。ぼくがいくら「退屈な人」ではあっても、今夜ぐらいは自分に退屈しないで、山口明夜の夢でも見ながら眠りたい。

「今日ね、仕事で森海生に会ったのよ。知ってるでしょう、ほら、あの女たらしで有名なエッセイスト……」

姉貴の相手はすっかりとなりの男に代わっていて、順調にすすめば、その先は芸能界とサッカーの話題に行きつく。酔いつぶれる直前はテレビの恋愛ドラマ批判になるはずで、今夜は必然的に、ぼくが姉貴を担いで帰ることになる。覚悟はできているものの、姉弟の義理というのも、こういうふうに、面倒なものなのだ。

「耳の黒いのがパピヨン、か」と、ぼくは頭のなかで独りごとを言い、オンザロックの氷を軽く、ころんと鳴らしてみる。公園に射していた西日の色やカラスの鳴き声は思い出したが、山口明夜が連れていた犬が鳴いたかどうかは、どうしても思い出せない。

「ニュースキャスターの久松ユキ、世界原理教の信者なんだって。歌手の橋田みなみもそうらしいわよ。派手に見えるけど、あの連中って孤独なのよね。大沢加代子も拒食症だし、東敏則なんか神経性脱毛症で、丸はげなんだから。病人が無理に愛想笑いしてるのかと思うと、ねえ、テレビを観るのも怖くなるわよねえ」

2

だれかが頭蓋骨の内側でハンマーをふりまわしているような頭痛は、半端な宿酔《ふつかよ》いではない。咽《のど》も砂を飲み込んだようにからからで、枕やシーツにまで酒の臭いが染みついている。下の階の物音は頭の芯にまでひびき、この世にぼく以外の人間が棲息していることに、本気で腹が立つ。分かりたくもないが、目蓋《まぶた》の明るさからは正午《ひる》も近いらしい。

何時間悩んでいたのか、ついに我慢の限界がきて、ぼくは壮絶な宿酔いのまま、無理やり下の階へおりていく。とり入れた水分を排泄するだけのことに、人間はなぜこれほどの、試練を受けるのか。

トイレで膀胱を空にし、パジャマのまま居間へ入っていくと、お袋がちゃぶ台に頬杖づきで、ぼんやりとテレビを眺めていた。グレーのカーディガンにベージュ色のスカートという出立ちは、ぼくが生まれたときから着ているユニフォームのようなもので、テレビでは民放のニュースをやっているから、時間はまだ十二時前らしい。

「昨夜はずいぶん遅かったのねえ」と、テレビに鼻の先を向けたまま、尻の位置を横座りにずらして、お袋が言う。

ぼくはうなずいたものの、咽の渇きで声が出ず、台所へ行って冷蔵庫から牛乳のパックを出してくる。お袋の横顔にはコーヒーをサービスしてくれる意思表示はないから、ぼくの宿酔いには、責任は感じていないのだろう。

「いつも言ってるでしょう。牛乳はカップで飲んでくれなくては、困るじゃない」

「最後まで飲むさ。半分も入ってないし」

「お役人がまた汚職で逮捕されたわ」

「世の中、平和だね」

「だけどシロウ、遅くなるようだったら、電話をしてちょうだいよ」

「昨夜は姉さんと一緒だった……姉さんは？」

ちゃぶ台の遠くに座ったぼくに、一度だけ視線をよこし、右手で頬杖をついたまま、お袋が面倒くさそうに口を開く。

「仕事に決まってるでしょう。あなたは自覚していないけど、この家で暇をもて余しているのは、シロウだけなんだから」

その意見に、ぼく個人としても、もちろん反論はない。それでも昨夜あれだけ飲んだ姉貴がしっかり仕事に出ているという事実は、理解できないほどの神業だ。

「あなたが喜衣《きえ》の真似することは、ないんですからね。昨夜は戸締まりもできなかったわ」

「駅で、偶然、会ってしまった」

「お酒を飲むな、とは言ってないのよ。でも喜衣もあなたも大人なんだから、家族には迷惑をかけないでちょうだい」

最初にお袋のうしろ姿を見たときから、肩のあたりに、なんとなく拒絶的な雰囲気は感じていた。庭に洗濯物も広がっていないし、シンク《ながし》には洗い物も山づみになっている。

「母さん、今日はカルチャーへ、行かないの」と、庭に面したガラス戸をあけながら、深呼吸をして、ぼくが言う。

「九月からは午後の部に変わってるの。前にも言ったでしょう」

「朝からヨガをやるのって、大変だものな」

「随筆よ」

「ああ、随筆か」

「主婦だからこそ生涯学習が必要なの。来月からは短歌のお教室にも通うつもり。あなたのように怠けていると、いつか必ず後悔する日がくるわ」

ブラウスもカーディガンも見慣れたもので、短くカットした髪型も、花柄のエプロンも、どこも昨日と変わっていない。それでも今日の横顔にはやはり殺気があって、宿酔いで無気力になっているぼくの神経に、困った雑音をひびかせる。

「母さん、門の西側に、菊が咲きはじめたね」

「それがどうしたのよ。秋に菊が咲くのは、当たり前でしょう」

「気がついていないのか、と思ってさ」

「わたしが気づかなくても菊は咲きます。春には桜が咲いて夏になれば、蟬が鳴きます。あなたが心配する必要なんか、どこにもないのよ」

「姉さんの病気が、伝染《うつ》ったかな」

「喜衣の、なに？」

「ヒステリー」

「喜衣と一緒にしないでちょうだい。あの子はもともと病気なの。気が強くて我儘《わがまま》で自分勝手で、人の言うことを聞かない、無神経という病気にかかっているの」

「母さん、躰の具合でも、悪い？」

「悪いのはシロウのほうでしょう。昨夜はどうして、電話をよこさなかったのよ。あなたも喜衣もお父さんも、三人とも外で勝手なことをして、だれもわたしのことなんか、考えてもくれない」

蛇のいる藪をつついてしまったようで、なにを怒っているのか、お袋の頭の上には青い静電気が、目に見えるほど、ぱちぱちと光っている。カルチャーセンターで教養を磨いていなければ、今ごろはたぶん、ちゃぶ台ぐらいひっくり返していた。

「今度遅くなるときは、電話をするからさ」と、ガラス戸を閉め、膝立ちで茶簞笥《ちゃだんす》のほうへ歩きながら、ぼくが言う。「姉さんは携帯電話ももってるわけだし、遅くなるときは電話をするようにって、ちゃんと言っておく」

「電話のことなんか、どうでもいいのよ。わたしは、みんなが自分勝手なことを怒ってるの。お父さんもシロウも喜衣も、みんな家庭なんか、どうでもいいと思っているじゃない」

「母さんが思うほど、みんな、ひどくはないさ」

「どこがひどくないのよ。あなたがどれほどわたしに心配をかけたか、覚えていないの。高校を中退したときなんか、太宰府《だざいふ》の天満宮にまで行ったのよ。そのお陰であなた、大学まで行けたんでしょう」

天満宮にもお袋にも、親父にも姉貴にも、いつだってぼくは、ちゃんと感謝はしている。

「喜衣だってそうだわよ。高校のときから友達の家を泊まり歩いて、なにをしていたか、知れたもんじゃないわ。それで二十七にもなって、まだ身をかためる気にならないんだから」

ぼくは頭のなかで、深くうなずき、茶簞笥から胃薬と頭痛薬をとり出して、台所へ歩く。さっきより頭痛がひどくなった気がするのは、お袋の怒りが念力で伝わってくるせいだろう。

胃薬と頭痛薬を一緒に胃に放り込み、シンク《ながし》の前でため息をついたとき、お袋が居間から、台所のほうへ首をのばしてくる。

「ねえシロウ、お父さん、浮気をしていると思う?」

咳き込みそうになったが、もう薬は胃のなかにおさまっていて、咽に這いあがってきたのは胃液の予感と、酸味の強い緊張だけだった。

「母さん、なんの話さ」

「お父さんの浮気の話。あなたからみて、どうなのよ」

「ぼくに訊かれても、困るな」

「シロウも男でしょう。お父さんが浮気をしているなら、気配で分かるはずじゃない」

姉貴も昨夜、そういえばなにか、親父のことを言っていた気はする。しかしお袋までなぜ突然、妙なことを言い出したのか。

「だけど、そういうことは、姉さんが専門だよ」

「あの子は男と女のことを、ゲームとしか考えないの。それに喜衣はお父さんの味方でしょう。知っていても知らん顔をするに、決まっているわ。あの子にはそういう、芯の冷たいところがあるの」

居間に戻り、頭にひびく振動を警戒しながら、ぼくはちゃぶ台の下に足を投げ出す。

「父さんが浮気をするとは、思えないけど」

「そうでしょう？　お父さんにそんなこと、似合うはずないんだもの。でもこんな手紙を見せられたら、母さんだって疑うわよ。だれがよこしたのか知らないけど、人騒がせったらありゃしないわ」

どこに隠していたのか、お袋が膝を正しながら白い封筒をとり出し、ぼくの顔に横目の視線をすえたまま、黙ってその封筒をさし出す。特徴のない花柄の透かし模様が入った封筒は、客観的に見ても、いい趣味とは思えない。

「あて名は母さんになってるね」

「そうなの。でも差出人の名前は書いてないの。いいからなかを読んでごらんなさい」

深入りなんかしたくなくても、宿酔いのこの体調で、ぼくにどう抵抗しろというのだ。昨夜の姉貴といい、今朝のお袋といい、この家には不倫の怨霊でもとり憑《つ》いているのか。

封筒に入っていたのは、三つ折りにした殺風景な便箋で、内容は予想どおり、親父が会社の若い女子社員と男女の関係をむすんでいる、というもの。こういう種類の手紙は世間にいくらでもあるのだろうが、実際に目を通すと、やはり不愉快になる。身内が関係者だから、というだけではなく、手紙の内容に神経症的な、いやな臭いが漂っているのだ。親父と小谷紀代子というその女子社員の関係は、もう一年間つづいていて、二人で泊まりがけの旅行にも出かけているという。おまけになんの意味があるのか、相手の住所やアパート名まで書いてあって、こんな手紙を受けとったらお袋でなくても、虫の居所は悪くなる。

「どういうことか、なんだか、よく分からないな」と、便箋を封筒に戻し、ちゃぶ台のまんなかに押し出して、ぼくが言う。「これを書いた人、だからどうだ、と言いたいんだろう」

「お父さんを非難しているのよ。お父さんのしていることは公序良俗に反するし、亭主の浮気に気づかない母さんは、大馬鹿者だって」

「そこまでは、書いてないけど」

「意味はそういうことなのよ。こういう手紙はそういう意図で書くんじゃないの」

「父さんには、訊いてみた？」

「だれかの悪戯《いたずら》だろうって」

「ほかには？」

「それだけよ。会社を辞めさせられた人が、お父さんを逆恨《さかうら》みしているのかも知れないって」

親父は一応管理職ではあるらしいが、自分だって家電メーカーの技術部から子会社に出向させられた身分なのだ。仕事は浄水器に関する技術開発で、他人に恨まれるほどの人事権があるとも思えない。そしてそんなことはぼくより、お袋のほうがよく知っている。

「わたしもね、悪戯だろうとは思うのよ」と、ちゃぶ台に肘をかけ、ガラス戸のほうに目を細めて、お袋が言う。「でも相手の名前や住所まで書かれると、気分が悪いでしょう。こういう手紙って、そういうものなのよ」

「小谷紀代子という人に、訊いてみたら」

「なにを？」

「父さんと浮気をしているか、どうか」

「訊けるわけないでしょう。母さんがこの人に会いに行ったら、手紙の内容を信じたことになるじゃない。手紙を書いた人はとにかく、わたしを困らせたいんだから」

「確認だけでも、さ」

「五十四にもなって、そんなことができますか。この手紙が悪戯だということを、お父さんかだれかが証明してくれれば、それでいいだけなのよ」

親父の浮気が、本物かどうか。事実なら否定するだろうし、事実でなければ、やはり否定する。親父本人に証明しろというのは無理な注文で、お袋が自分でできなければ、疑いを晴らすのは、だれか第三者ということになる。

と、そこまで考えたとき、突然ぼくはいやな予感に襲われ、吐き気の治まらない胃を抱えて、尻を少しだけ台所のほうへ動かす。

「シロウ、あなた、当分アルバイトはしないんでしょう」

「写真に関係したものを、探してては、いるけど」

「まだ見つからないわよね」

「景気が、どうも、悪いみたいでさ」

お袋の眉間には強いたて皺が浮かんでいて、うすく開いた唇の隙間から、不気味なため息が吐き出される。

「シロウ、手紙に書いてある『杉並区上井草』って、どのあたりだと思う?」

「杉並区の、井草の近くだろうね」

「行ったことがあるの」

「西武新宿線には、縁がない」

「あら、上井草って西武新宿線なのねえ」

予感は確信に変わっていて、鏡を見ればぼくの顔は、たぶん、きっぱりと青ざめている。

「ねえシロウ、あなた、この女の人に会ってきてくれない？」と、両手の指先を山形に組み合わせながら、目の端でぼくの顔を見つめて、お袋が言う。

「でも、母さん……」

「暇なのはシロウだけなのよ」

「暇だとか、暇じゃないとか……」

「だってそうでしょう。わたしが会いには、行けないでしょう？」

「基本的に、母さんの問題だと、思うけどな」

「わたしの問題だから具合が悪いんじゃないの。下手に騒いで話がこじれたら、どうするの。お父さんの立場だって、考えてごらんなさいな。こんな景気の悪い時代にリストラにでもあったら、一家四人で路頭に迷うのよ。それにこの女の人から名誉毀損で訴えられたら、ご近所に顔向けもできなくなる。喜衣だってまた縁遠くなるし、親戚も黙っていないわよ。自由に動けるのはシロウだけなの。こういう仕事はあなたが最適なの。女の人も相手がシロウなら、笑って済ませてくれるわ。あなたには他人に存在感を意識させない、不思議な才能があるの。母さんに迷惑をかけてきたと思うなら、彼女に会って、この手紙が悪戯だということを、確認してきてちょうだい」

昨夜駅で姉貴に会ったのは偶然で、電話だってかけ忘れただけなのだ。言い訳をしても仕方ないが、宿酔いのせいか、なぜこういう仕事はぼくが最適なのか、ぼくにはやはり、分からない。

二十二年間育ててきて、ぼくの『他人に存在感を意識させない才能』がこんなところで役に立つとは、お袋も思っていなかったにちがいない。母親が胸を張って宣言するぐらいだから、ぼくという人間は、それこそ、思い切り存在感が希薄なのだろう。

「頭痛薬が効いてくるまで、部屋で、もうひと寝入りするよ」と、畳の上を横にころがり、吐き気を精一杯に我慢して、ぼくが言う。

「あら、シロウ、頭が痛かったの」

「軽い宿酔いなんだ」

「喜衣となんか飲むからいけないのよ。あの子は父親に似て、アセトアルデヒドの分解酵素をもっているの。あなたの体質はわたし似でしょう。用心しないと肝臓を壊すわよ」

「肝臓を壊して、入院でもしようかな」

「仕事もしないで贅沢を言わないの。あなたはとにかく、自分の義務を果たすこと。分かったわね。封筒、茶簞笥の一番下に入れておきますから」

　姉貴の体質が父親に似ていて、ぼくがお袋に似ているというのは、勘違いに決まっている。アセトアルデヒドなんて言葉をどこで覚えてきたのか知らないが、昨夜だって酔いつぶれた姉貴を背負って帰ったのは、ぼくのほうなのだ。

「出かけるときは戸締まりに、気をつけてよね」と、廊下から階段に足をかけたぼくに、テレビのリモコンを構えながら、お袋が言う。「ご近所、最近空き巣が増えているらしいのよ。回覧板でもそう言ってきたわ」

「母さんも出かけるの」

「随筆のお教室。講師の先生が認めてくださって、『随筆友の会』にも入会できそうなの。本気でフェミニン・エッセイ賞でも狙ってみようかしらね」

才能はともかく、テーマにだけは困らないだろうとは思ったが、口に出しては言わなかった。階段の途中でお袋と文学論を闘わすには、今日は少しだけ、宿酔いがひどすぎる。

ぼくは黙って階段をあがり、布団の乱れには構わず、そのままベッドに倒れ込んだ。裏の家では犬が鳴き、遠くの道をバイクが走り去る。床にはジーンズやブルゾンやティシュペーパーが散らかり、カーテンの隙間からはふんだんに光がこぼれ、それでもぼくは、寝返りをうつ気にもならなかった。

*

近くに日本語学校でもあるのか、中国系や東南アジア系の学生が四、五人ずつ、かたまって公園の敷地を横切っていく。カラスも空の色にまぎれるほどの時間で、風はなく、空気の匂いも昨日よりは湿気っぽい。JRの高田馬場駅からこの公園まで、早稲田通りの商店街にペットショップを探しながら歩いてきたが、金魚を売っている店以外には小鳥屋も犬の専門店も見えなかった。部屋で目を覚ましたときには頭痛も治まっていて、西武新宿線が高田馬場を通ることを、ぼくはしっかり思い出したのだ。茶簞笥から手紙を持って家を出た動機が、小谷紀代子という人に会うことなのか、この公園のベンチに未練があったのか、自分でも分からない。

二時間ほどベンチに座りつづけ、犬も山口明夜もあらわれず、文庫本の文字も見えなくなって、仕方なくぼくは腰をあげる。今日は散歩を休んだのかも知れないし、犬だってコースを変えることはあるだろう。山口明夜と会っても赤面したに決まっているが、昔飼っていた松五郎について、ぼくも三つほど話題を用意していた。松五郎が雌であったこと。雀を捕まえるのが上手《うま》かったこと。不妊の手術もしなかったのに、なぜか子供が生まれなかったこと。しかしその話が終わったあと、山口明夜にもまた「退屈な人」と言われたら、ほかにどんな話題があるのだろう。

高田馬場から西武新宿線に乗って上井草についたのは、日の暮れきった七時四十五分だった。たいして広くもない駅で、電車をおりる人も少なく、バス通りに殺風景な商店街が無難につづいているだけの町だった。お袋への手紙に電話番号はなかったので、駅前の住居案内を頼りに、ぼくは狭いバス通りを南へ向かいはじめた。住所やアパートの名前は書いてあるのに、なぜ電話番号が書いてないのか。手紙について親父は悪戯だと言ったらしいから、会社に小谷紀代子という人が勤めていることは事実なのだ。ぼくが突然訪ねていって、「親父とはどういう関係なのか」なんて訊いたら、相手はどんな顔をするだろう。笑って済ませてくれればいいが、まともな人なら怒り出す。それにまだ八時にもならない時間に、一人暮らしの女の人がアパートへ帰っているとも思えない。自分がなぜこんな町をうろついているのか、これからなにをしようとしているのか、本当はぼくにも、まだよく分からなかった。

通りに面した八百屋で場所を聞いて、細い路地を住宅街のほうへ入っていくと、そのあたりが上井草二丁目で、『かすみ荘』というアパートもかんたんに見つかった。モルタルの二階建てらしく、ブロック塀の内側には上の階に通じる鉄の外階段がついている。階段の下には名札をさし入れる郵便受けが並んでいて、２０４号の名前はたしかに『小谷』となっていた。住所もアパート名も本物なら、手紙の内容も、ひょっとしたら、本物なのか。妙なことに係わってしまった、と思いながら、怖いもの見たさの好奇心も、半分ぐらいはぼくの背中を押している。親父がお袋に隠れて電話をかけているという姉貴の証言も、真偽はともかく、なんとなく気にかかる。

郵便受けの前に立って、長いあいだ迷っていたが、宿酔いの反動か、ぼくの躊躇《ためらい》に突然、自棄《やけ》ぎみな勇気が襲いかかる。こんな階段ぐらいのぼれなくて、山口明夜と松五郎の話なんかできるものかと、理由もなくぼくは、興奮してしまう。

決心して階段をのぼっていくと、踊り場から四つ目のドアが２０４号室で、鉄桟のはまった台所の窓に明かりがついていないことに、ぼくは大いに安堵する。もし小谷さんが部屋にいたら決心や勇気がどこまで役に立つか、我ながら怪しいものだ。それでもぼくは一応、気休めのためにドアをノックし、応答がないことを確認して外廊下を階段へ戻りはじめる。電話帳を見れば番号がのっているかも知れないし、人を訪ねる順序としては、まず電話で都合を確かめるのが礼儀だろう。そしてその電話で小谷さんが親父との関係を否定してくれれば、ぼくの仕事は本来、それで完了なのだ。

角の踊り場まで戻ったとき、下から階段をあがってくる人がいて、ゆるんでいた肩の筋肉が、少しだけ緊張する。街燈に浮かんでくる影は女の人で、鉄階段をのぼる足音もかたいハイヒールのもの。女の人が階段をのぼりきり、手摺《てすり》に身を寄せたぼくの前を、目を伏せたまま通りすぎる。肩までの髪にうすい色のブレザーを着て、手にはコンビニのビニール袋をさげている。顔はよく見えなかったが、小柄なうしろ姿は、ぼくより少し歳上の感じだった。

女の人が204号室の前で立ちどまり、ハンドバッグからとり出した鍵で、ドアを手前にあける。ブレザーのうしろ姿がドアの内に消え、すぐ部屋に明かりがついて、同時にぼくのわきの下にじわりと、いやな汗がにじむ。一人暮らしなら女の人は小谷さんに間違いなく、ぼくが今踊り場に立っているのは、その小谷さんに会うことが目的なのだ。

深呼吸を三度くり返し、掌の汗をジーンズの尻にこすりつけたとき、閉まったはずのドアが開いて、突然、ぼくは女の人と対面してしまう。

新聞の勧誘に来たとも言えず、ぼくは精いっぱい肩の力を抜きながら、ドアの前に立っている女の人のほうへ、ゆっくりと歩く。どこかに川でもあるのか、狭い外階段に背中の側から強い風が吹き抜ける。

「あのう、こんばんは」

「はあ?」

「小谷紀代子さんですか」

「はあ」

「父の、いえ、ぼく、晴川基也《もとや》の息子の、柿郎といいます」

部屋からの逆光で目の表情は見えなかったが、ぼくが名前を言ったとき、小谷さんの口が一瞬、アという形に開いたようだった。

「父が、会社で、お世話になっています」

現実の気まずさと、これからもっと気まずくなる予感に、ぼくの人生はほとんど、パニックを起こしている。近くを通ったので寄ってみた、という間柄《あいだがら》ではないし、こんな究極の事態にも対処できると、ぼくはどこで、勘違いしていたのだろう。

小谷さんが首をかしげ、その横顔の輪郭が部屋からの明かりに、ぼんやりと浮かびあがる。唇が少しうすい、平凡で素直な顔立ちだ。

「部長の、息子さん……」

「はい」

「カメラマンの？」

「カメラマン志望です」

「わたしに、会いに？」

「電話番号が分からなくて、来てしまいました」

首をかしげたまま二、三秒ぼくの顔をのぞき、ブレザーの肩をすくめて、小谷さんが唇を微笑ませる。混乱しているのはお互い様のはずで、それでも歳が上のぶん、余裕のあるところを見せたのか。

「突然お邪魔して、失礼なことは、分かっています」

「お入りになりません？」

「はい？」

「散らかっていますけど、構わなければ、どうぞ」

ぼくもドアの前で立ち話をする気分ではなかったが、用件も確かめずに、なぜ小谷さんは、ぼくを部屋に入れる気になったのか。上司の息子に対する礼儀なのか、それともぼくが訪ねてきた理由に、心当たりでもあるのか。

小谷さんがサンダルを脱いで先にあがり、ぼくもドアを閉めて、言われるまま、沓脱《くつぬぎ》から台所を通って六畳の和室に入る。畳には織物のカーペットが敷いてあり、ベッドはなく、部屋のまんなかには火燵《こたつ》にもなる白いテーブルが置かれている。洋服箪笥も姫鏡台も小机も、狭いスペースに整然と配置されていて、部屋の印象からは几帳面な性格に見える。

ぼくをテーブルの前に座らせ、しばらく台所で支度をしてから、小谷さんが部屋に紅茶のセットを運んでくる。紺のタイトスカートからのびた脚は、小作りな顔のわりに、へんに肉感的な感じがする。

「部長に聞いていたより大人っぽくて、最初はびっくりしたわ」と、ていねいに紅茶のカップをさし出し、口のなかで笑いを我慢するような顔で、小谷さんが言う。「でも大学を出ている歳なら、大人っぽくて当然ね」

「父はぼくのことを、会社で話すんですか」

「お姉さんのことも話すわよ。喜衣さんだったかしら。雑誌の編集者ですってね」

「家では会社のことなんか、なにも話しませんせん」

紅茶は甘い香りのするミントティーで、まさか紅茶だけ飲んで帰るわけにもいかず、ぼくは所期の目的を遂行することにする。このまま世間話をして帰ってしまったら、それこそぼくは、ヘンなやつになってしまう。

「うかがったのは、実は、手紙のことです」と、ブルゾンのポケットから封筒をとり出し、テーブルのまんなかに置いて、ぼくが言う。「悪戯だろうとは思いますが、小谷さんに訊く以外、確認する方法がありませんでした」

「ああ、それね、部長が言っていた手紙」

親父から手紙の件を聞いていたのなら、ぼくが訪ねてきた理由も、小谷さんは最初から承知していたのだ。

「手紙の内容も、聞いているわけですか」

「部長がわたしと浮気をしている、でしょう。よくある悪戯よ。部長って女性にやさしいから、女子社員のだれかがヤキモチを焼いたのかも知れない」

「父が、女性に、やさしい？」

「包容力もあるし、仕事もできる。憧れている女子社員はたくさんいるわ。わたしが企画開発部に抜擢されたのを、だれかが妬《ねた》んだんでしょうね」

言われて、親父の肩書きが企画開発部長であることは思い出したが、女性にやさしくて包容力があるという人物評は、どんなものか。お袋に誕生日のプレゼントを買ってきたこともないし、二人で旅行に出かけたこともない。外での評価が小谷さんの言うとおりだとすると、家でむっつり黙り込んでいる晴川基也という人は、だれなのだろう。

「うちの会社、なぜか独身の女子が多いのよねえ」

小谷さんが両手でカップを口に運び、うしろの壁に視線をめぐらしながら、少し膝をくずす。

「女子が多いと中傷の数も多くなるの。部長は最初から、気にしていないと思うわ」

「小谷さんは、気にしませんか」

「会社での噂や中傷を気にしていたら、仕事なんかできない。企画開発部に移れたのはわたしにしてもチャンスなの。うちの会社では一番やり甲斐のあるセクションなのよ」

姫鏡台には小谷さんのうしろ姿が映っていて、そのうすい小柄な肩が、鏡のなかで気の強そうなゆれ方をする。

「手紙を出した人に、心当たりがありますか」と、紅茶を飲み、呼吸をととのえてから、ぼくが訊く。

「ですから、女子社員のだれかかも知れないし、ほかのだれかかも知れない」

「本当にただの、悪戯だと?」

「悪意があれば中傷よね。それ以上のことは、わたしには分からないわ」

「悪戯であることを小谷さんの口から聞ければ、ぼくのほうは、それでいいんです」

「部長ご自身でもおっしゃったはずなのに、お母さまは、疑っていらっしゃるの」

「気分の問題です。父にこういう噂が立つのも、お袋にこういう手紙が来るのも、慣れていないことですから」

小谷さんが下唇だけで笑い、空になったカップをわきにどけながら、無表情にぼくの顔をうかがう。ぼくのほうもほかに訊くことはなく、用がなければ、これ以上対面していたい相手でもない。小谷さんの今の証言をお袋に伝えてやれば、今日の仕事としては、二重丸がもらえる。

「紅茶、どうも、ごちそうさまでした」

封筒をポケットに戻し、カーペットの上に座り直して、ぼくは頭をさげる。

小谷さんも安心したように首をかしげ、ぼくと一緒に腰をあげてから、台所の沓脱まで、ぼくのうしろについてくる。来たときは気づかなかったが、流し台の横に置かれたコンビニのビニール袋からは、持ち帰り弁当のパックがのぞいていた。

スニーカーの紐を結び、あけたドアから背中を出して、ふとぼくは、忘れていたことを思い出す。

「今夜、ぼくが小谷さんを訪ねたこと、父に話しますか」

腕を胸の前で組み合わせていた小谷さんが、肩をすくめ、うすい唇を開いたまま、わざとらしくまばたきをする。

「シロウさんとしては、どうして欲しいのかしら」

「家庭の平和に考慮してもらえれば、ぼくとしては、助かります」

「部長に隠し事をしろ、という意味？」

「小谷さんと父は、私生活のすべてを話し合う間柄《あいだがら》ですか」

小谷さんが深く息を吐き、動かない目で、静かにぼくの顔を見おろす。

「家族でも知らなくていいことなんか、いくらでもあります」

「それは、そのとおりだわ」

「父に話すかどうかは、小谷さんにお任せします」

それが癖なのか、小谷さんがまた首をかしげ、頬の髪を肩のうしろに払って、小さくスリッパを鳴らす。せっかく平穏にすぎている親父とお袋の生活に、無理に波風を立てたところで、意味はない。手紙が悪戯や中傷であるなら、関係者全員で無視するのが、一番の解決方法なのだ。関係者のなかには、もちろん、小谷さんも含まれている。

「子供のころに自閉症だったわりには、シロウさん、強引な性格ね」

「今夜だけ、特別です」

「わたしを特別扱いにしてくれた、という意味かしら」

「結果としては、そうですね」

「ありがとう。ではお母さまに、よろしくね。心配することは、なにもありませんって」

外に出て、ドアを閉め、内側に鍵のかかる音を聞いてから、ぼくは肩をすくめて外廊下を歩き出す。お袋には小谷さんが言ったとおりを報告すればいいし、それ以上の詮索はぼくにもお袋にも、今のところ意味はない。小谷さんが本当はなにを考えていて、親父や仕事に対してどういう感想を持っているか、そんなことも知る必要はない。親父がなぜ小谷さんにぼくの自閉症歴まで打ち明けたのか、それも親父の問題だろう。中途半端な違和感は残っていても、違和感を抱えたまま黙って生きることに、そういえば、ぼくは昔から、慣れている。

＊

浦和の家についたときは十時になっていて、頭のなかに耳障りな風は吹いていたが、宿酔いを克服した充実感と義務を果たした虚脱感とで、気分はなんとなく平和だった。周囲のトラブルはどうであれ、ぼくにだって拘《こだわ》ってみたい問題はある。フィルムを現像してオサ虫とゴミ虫の判定をつけなくてはならず、東京湾の埋立地で帰化植物の定着状況も調べたい。それにもし、うまく撮れている写真があったら山口明夜のために、犬のポートレートだってつくりたい。

玄関ドアの前に立ったとき、家の内に明かりはなく、雨戸も閉まっていないのに、ドアには外から鍵がかかっていた。親父や姉貴が帰っていないのは当然としても、お袋がこんな時間まで、まさかカルチャーでもないだろう。

　ぼくは自分の鍵でドアをあけ、玄関から廊下の電気をつけて、居間に入る。お袋だってたまには旅行に出かけるから、家にぼく一人だけという日も、なくはない。それでも昨日からの経緯を考えると、ちょっとだけ、いやな感じがする。

　居間の蛍光灯をつけ、変化のない茶箪笥や親父の座椅子を眺めまわしてから、ぼくはちゃぶ台の上に、白いメモ用紙を発見する。ボールペンで書かれているペン習字のようなカルチャー書体は、間違えようもなく、お袋のものだ。


　柿郎へ。喜衣自殺。命に別状なし。渋谷の開生会病院。帰宅次第直行されたし。


　もちろんそのあとに、病院の所在地や電話番号も書かれていたが、嘔吐の予感で、ぼくはメモ用紙をもったまま、五分ほどちゃぶ台の前につっ立っていた。

　メモはぼくに宛てているものだから、もちろん親父への連絡はついている。「命に別状なし」ということは、自殺ではなくて、自殺未遂ということか。昨夜たしかに、姉貴は東京タワーから飛び降りると騒いでいた。しかしあれは不定期にやって来る、習慣的な精神錯乱ではなかったか。今朝は仕事へも出たというし、交通事故とか急病とか、連絡のいき違いということも、なくはない。

　しばらくメモをにらんでいたが、考えても意味のないことに気づき、ぼくは渋谷の開生会病院に電話を入れてみた。女の人が出て、間違いなく、晴川喜衣は今夜の八時に入院したという。浦和から渋谷なら一時間で行けるし、病院の場所を訊いただけで、ぼくは電話を切った。とにかく、命に別状はないのだ。状況は病院についてからでも聞き出せる。あの姉貴が自殺をこころみるなんて、いくらなんでも信じられないが、それにしても昨夜、不倫問題に関してもう少し、真剣に話を聞いてやればよかったか。

電話で聞いた開生会病院は、代々木と原宿と千駄ヶ谷の中間あたりにあって、ぼくはＪＲの代々木駅から正面玄関にタクシーを乗りつけた。貼り紙のとおりわきの通用口にまわり、鉄扉から暗い廊下を通って奥の事務室へ向かう。敷地もそれほど広くはなく、建物も公団住宅のような三階建てで、診療案内からは民間経営の総合病院らしかった。姉貴がこういう地味な病院を自分で選ぶはずはないから、救急の指定病院にでもなっているのだろう。

事務室には白衣を着た中年の女の人が残っていて、姉貴の名前とぼくの素姓を言うと、表情も変えず、三階にある病室と階段の場所を教えてくれた。最近は歯医者にもかかっていないし、ぼくが病院なんかへ来たのは、五年ぶりのことだ。

コンクリートの階段をあがり、人気《ひとけ》のない廊下をすすんで名札の出た３０５号室のドアをあけると、なかには親父とお袋がいて、カーテンをひいた窓際のベッドにはもちろん、当事者の姉貴が横になっていた。枕元には点滴のパックがぶらさがり、鼻の穴には酸素を送る細い管がさし込まれて、布団から出ているのは顔と点滴の針を受けとめる、左腕だけ。見たところ額や腕に傷はなく、セミロングの髪も肩の上に、きれいに揃っている。東京タワーはともかく、高島平での飛び降りとか剃刀《かみそり》で手首を切ったとか、その類いの自殺ではなさそうだ。

「シロウったら、こんな時間まで、どこへ行ってたのよ」と、折りたたみの椅子に座ったまま、声をひそめて、お袋が言う。

となりには親父がいるわけで、素直に「上井草」と答えてしまったら、状況が余計に混乱する。

「具合、どうなのさ」

お袋の詰問を聞き流し、ベッドの姉貴と、腕組みをしている親父の顔を見くらべながら、だれにともなく、ぼくが訊く。

「命に別状はないの。メモに書いておいたでしょう」

「どういうふうに別状がなくて、これから、どうなるとか」

「そんなことは分からないわよ。お医者が大丈夫だというから、大丈夫なんじゃない。胃洗浄をして、それで、明日には気がつくということだわ」

「毒かなにか、飲んだわけ」

「睡眠薬ですって。二週間ぶんを、一度に飲んだらしいの。親の気も知らないで、喜衣って、どうしてこう、無茶なことばっかりするのかしら」

「睡眠薬を飲んだだけなら、自殺とは決められないよ」

「だって、二週間ぶんなのよ。いくら喜衣が自分勝手な性格でも、二週間もつづけては、眠れないでしょう。それに……」

ぼくに上目を使いながら、ハンドバッグを開き、唇の端に力を入れて、お袋が細長く折った白い紙をとり出す。家で見たメモよりは大きく、形からは四つ折りにした便箋のようだった。

「喜衣って、なにを考えているのか、さっぱり分からないわ」

わたされた紙は、やはり仕事用の便箋で、開いてみると、だれが見ても姉貴の筆跡と分かる大きい字で「高橋のバカ。森海生のバカ。柿郎のバカ」と乱暴に書いてある。姉貴が自分以外の人間を、すべて馬鹿だと思っている心理も、高橋さんや森さんに遺恨をもつ気持ちも理解できるが、ぼくを名指しするような、なんの恨みがあるのだ。

「姉さんが、こんなものを……」と、便箋をお袋に返し、空いているベッドの枠に寄りかかって、ぼくが言う。

「意味は分からないけど、睡眠薬を飲んでこんなものを残していたら、だれだって自殺だと思うでしょう」

「『遺書』とは、書いてないけど」

「喜衣は肝心なところに手を抜く性格なのよ。子供のときから、そうだったじゃない」

「だけど、姉さんだって、編集者だ」

「編集者でも変質者でも、自殺の心理は同じことよ。ねえシロウ、森海生は知ってるけど、高橋さんって、だれのこと?」

「仕事関係の、だれかじゃないのかな」

「編集長さんは、知らないとおっしゃっている。会社に高橋という人はいないそうだし、喜衣の仕事関係でも、心当たりはないらしいの」

「会社にも知らせたわけ」

「喜衣を発見してくれたのが、編集長の飯村さんなのよ。病院も手配してくれて、家にも連絡をくれたの」

姉貴が睡眠薬を飲んだ場所ぐらい、お袋のほうから話すのが当然で、「喜衣自殺」などと物騒なメモを残した人間には、それなりの義務がある。

「姉さんは、会社で、睡眠薬を飲んだの」

「いくら喜衣が無神経でも、そこまではしないわよ。仕事で使っていた青山のホテルですって」

「仕事で、青山のホテル？」

「原稿を書くときに使っていたホテルらしいわ。だから飯村さんも、場所を知っていたんでしょうね」

ホテルと聞いて、ついアダルトビデオかポルノの撮影現場かと思ってしまったが、たしかに姉貴も、そんなところで睡眠薬を飲むほど、ハレンチではない。居場所を会社に連絡してあったのなら、一応は編集のための仕事をしていたのだろう。

「夕方には原稿を入れる予定だったらしいのよね。それがいつまで待っても帰らないし、電話もかけてこなくて、飯村さんが直接ホテルへ行ってくれたの。もう少し発見が遅ければ、危なかったかも知れないのよ」

病院についてからもう二十分がすぎていて、ぼくにもなんとか、状況だけは理解できるようになっていた。姉貴が飲んだのは二週間ぶんの睡眠薬、致死量かどうかは別にして、少なくとも冗談や記事のための実験ではなかったらしい。遺書めいた走り書きも残っているから、事故や殺人未遂の類いでもない。姉貴は昨夜、死ぬとか殺すとかわめいていたし、高橋さんとのトラブルも事実だろう。しかしそんなことで、姉貴のような人が、本気で死を選ぶ気になるものだろうか。

「まあ、そういうことで、万事は喜衣の意識が戻ってからだな」と、指の先で眼鏡の位置を直しながら、椅子を立って、親父が言う。「あとは二人に任せたぞ。俺はまだ、仕事が残ってるんだ」

「だって、あなた……」

「打合せの途中を抜けてきたんだ。命に問題がないなら、ここで暇をつぶしていても、仕方ない」

親父が背広のボタンをかけ、ぼくのほうにちらっと視線を向けたとき、ノックもなくドアがあいて、ステンレスの台車をひいた看護婦が、うしろ向きに入ってきた。看護婦は会釈もせず、言葉もかけてこなかったが、ぼくらに悪意をもっている顔でもなかった。夜勤にうんざりしているのか、生まれつき愛想のない、そういう顔立ちなのだろう。

ぼくらが唖然と見守るなか、看護婦は黙って姉貴の脈をとり、クリップボードになにか書き入れてから、点滴のパックと酸素チューブをはずして、きっぱりと病室を出ていった。そのあいだはせいぜい五分ほどで、お袋も親父も姉貴の容体は訊かず、立ったまま、ただ看護婦の仕事を見守っていた。自分の娘が自殺を図ることなど、世間一般の親にとって、たしかに、滅多にあることではない。

「ええと、その、大事な接待でな。今夜は帰りが遅くなる」

わざとらしく腕時計をのぞき、一人で勝手にうなずきながら、ふり返りもせず、親父が憮然とした顔で部屋を出ていった。睡眠薬を二週間ぶんも飲んで、姉貴本人にも一大事だろうが、本来なら親にとっても気が動転するほどの、大事件ではないか。

「ねえシロウ、昨夜喜衣から、なにか聞いていていないの」と、出ていった親父を意識的に無視するように、胸の前に腕を組んで、お袋が言う。

「普段どおりに、飲んだだけさ」

「でもなにか、言ってたでしょう。いくら喜衣が気まぐれでも、ここまでするには理由があるはずだもの」

「姉さんなりに、理由は、あったんだろうね」

「そうでしょう。やっぱりなにか、あったんじゃない」

「だけどF1に腹を立てたぐらいで、自殺はしないさ」

「あら、喜衣ったら、外人とまでつき合っていたの」

「外人？」

「エフワンなんて、アラブ人かインド人の名前でしょう」

「そういうことじゃなくて、姉さんは自動車レースや新興宗教に腹を立てていたという、それだけのこと」

姉貴が死んだのならともかく、どうせ明日には目をさます。ぼくが高橋さんとの関係をお袋に喋ったと分かれば、どんな仕返しがくるか、知れたものではない。「二度と金は貸さない」と言い出すぐらいの無慈悲さを、姉貴という人は、じゅうぶんに備えている。不倫の三角関係で、しかも相手の子供をおろしたことまで、姉貴としても親には知られたくないだろう。どこまで説明するか、そんなことは明日、意識が戻ってから姉貴が自分で決めればいいことだ。

「それじゃシロウ、今度のことに、本当に心当たりはないわけ？」

「姉さんとぼくとは、思考の回路がちがうもの」

「困ったわねえ。明日、警察の人に、どう説明したらいいのかしら」

「母さん、警察なんか、呼んだの」

「呼びはしないわよ。向こうから勝手に来るんですって。こういう場合は病院として、通報の義務があるとかで、明日、事情聴取をされるらしいの」

「明日は姉さんも、意識が戻るんだろう」

「それはそうよ。今は睡眠薬を飲んで、眠っているだけだもの」

「意識が戻ったら、事情聴取は、姉さんが自分で受けると思うけどな」

「あら？」

「たぶん、そういうことさ」

「そう、か。そうよねえ。忘れていたわ。意識が戻るから、喜衣も事情聴取を受けるわけよねえ。母さん、なにを考えていたのかしら」

警察なんて、だれでも苦手なことは分かるが、睡眠薬を飲んだのが姉貴ではなくぼくだったとしても、やはりお袋は、同じ反応をするのだろうか。

「編集長さんもね、過労での入院で処理してくれるそうだし、とりあえず問題は、すべて解決したわけよね」

椅子からほっとしたような顔で腰をあげ、姉貴の寝顔を一瞥してから、ハンドバッグをとりあげて、お袋がため息をつく。

「この時間ならまだ、電車で帰れるわ。シロウ、あなたは、病院に泊まっていってね」

「どういうことさ」

「今夜はあなたが喜衣につき添って、泊まるの」

「どうして」

「お医者に言われているのよ。心配はないだろうけど、場合が場合だし、今夜だけはだれか、家族がつき添うようにって」

「ぼくがつき添っても、なにもできないよ」

「することなんか、なにもないでしょう。どうせ喜衣は眠ったままだし、暇なのはシロウだけだもの。母さんは忙しいのよ。掃除も洗濯も買い物もある。喜衣がしばらく入院するとしたら、その支度だって。明日の正午《ひる》には来られるから、それまではあなたがつき添ってちょうだい。家族は四人だけなんだし、それぞれに分担が必要なものなのよ」

お袋が納得したようにうなずき、ぼくの肩に手をかけて、それからもう一度、ため息をつきながら姉貴の寝顔をのぞき込む。家族が四人だけであることぐらい、言われなくても分かっている。ぼくが暇であることも、間違いではない。しかしなんの因果で自殺未遂のつき添いなんかが、ぼくにまわってくるのだ。

ドアへ歩きかけたお袋が足をとめ、ぼくのほうをふり返って、ちょっと首をかしげる。

「ねえシロウ、京浜東北線と埼京線、どっちがいいかしら」

「掃除や洗濯なら、ぼくにもできるけどな」

「だから病院でも寝られるじゃない。あなた、昔家出をしたとき、公園のベンチでも寝たんでしょう」

言い訳をすればするほど、なぜか、ぼくの立場は不利になる。姉貴の代わりに入院しろ、と言われないだけ、まだましということか。

「東京駅まで行って、京浜東北線かしらね」

「渋谷か新宿までタクシーで行って、埼京線を赤羽で乗りかえればいいさ」

「タクシーなんて、あるかしら」

「浦和とはちがうよ」

「そうか、そうよね。東京のまんなかですものね。それじゃシロウ、あとは頼んだわ。なにかあったらナースコールで知らせるのよ。あなたも心配しないで、空いているほうのベッドで眠るといいわ。明日はなるべく、早く来てみるから」

「母さん」

「なあに」

「実は、今日、上井草へ行ってきたんだ」

「大変だったわねえ」

「上井草だよ」

「上井草って、どこの上井草？」

「例の、手紙のさ」

半分までドアをあけていたお袋が、肩ごとふり返り、息をとめたまま、よろけるようにドアの枠に寄りかかる。

「シロウったら、あなた、この忙しいときに……」

「こんなに忙しくなるなんて、思わなかったもの」

「それで、上井草で、どうしたのよ」

「小谷さんに会った」

「会ったの」

「手紙はだれかの悪戯か、冗談だろうってさ」

「彼女が？」

「そう言ってた」

「本当に？」

「本当」

「そう、そうだとは思ったけど……」

しばらく息をとめ、疲れたような口元に深い皺をきざんで、お袋が、小さく欠伸をする。

「あなたも安心したわねえ。そうでなくてもこの忙しいときに、ねえシロウ、これ以上面倒なことは、しないでちょうだい」

お袋が気楽に手をふり、ハンドバッグを小わきにはさんで、小さく会釈をする。ぼくは一気に疲れてしまって、口を開く気力もなく、椅子に座りながら、思わずお袋に手をふり返す。

ドアが閉まり、とり残されて、それでもなぜかぼくは、ほっとした気分になる。こんな状況で、こんなベッドで眠れるとも思えないが、少なくとも明日までは、姉貴も起き出さない。小谷さんの印象や山口明夜の記憶を整理しながら、朝までは躰を休められる。お袋が言ったように、姉貴だってまさか、二週間ぶんの睡眠薬を飲めば二週間眠れる、と思ったわけではないだろう。高橋さんとのトラブルも限界に来ているようだし、意識が戻ったら警察の事情聴取や、仕事のあと始末が待っている。明日以降どんな試練があるにせよ、姉貴もぼくも、ゆっくり休めるのは、今夜一晩だけなのだ。

ぼくは、姉貴の腹が立つほど安らかな寝顔を確認し、空いているベッドに布団を広げて、そのなかにジーンズのままもぐり込む。病室の電気を消していいものか、ほかにすることがあるのかないのか、考えても分からない。どんな難問も時間が解決する、という真理は、もしかしたらこういう夜のためにあるのか。頭のなかに小谷さんの首をかしげた表情や、病室を出ていく親父のうしろ姿や、それからもっと、姉貴の酔態や山口明夜の屈折した笑顔が渦を巻いていたが、どれもぼくを眠りへはひき込まない。家族のなかで一番暇だ、というだけでなぜぼくが、こんな目にあうのか。天井の染みが拡大し、カーテンや白い壁がゆがんで、神経には躰の内側から呟きのような雑音がまぎれ込む。建物のどこかでコンクリートがきしみ、空調のダクトからは風の音が聞こえてくる。眠れないぼくのために、病院も眠らず、朝までぼくにつき合うつもりなのだろう。

3

　壁に金属的な振動が伝わりはじめ、廊下をだれかがスリッパをひきずっていき、台車を押す音がごつごつと床にひびいてくる。神宮が近いせいか鳥の鳴き声も大きく聞こえ、エンジン音の高いバイクが無神経に病院の敷地を出入りする。浦和の朝も似たようなものだが、アルバイトでもないのに朝の六時半に起きてしまったのも、状況のせいだろう。となりのベッドでは鉄パイプの柵からペディキュアをぬった姉貴の足が、色気もなくとび出している。実感に乏しい朝の空気ではあっても、ぼくは夢を見ているわけではない。

　ぼくは無理やり自分の立場を確認し、ベッドをおりて、反対側に顔を向けている姉貴のベッドを、足元のほうへまわってみる。昨夜はきれいにそろっていたセミロングの髪は布団のなかにもぐり込み、鼾《いびき》と寝息の中間のような、低い呼吸音が聞こえてくる。姉貴も目なんか覚ましたくはないだろうが、主役に起きてもらわないと、まわりの人間が困ってしまう。

　姉貴が寝返りをうち、寝言のような声が聞こえて、ぼくはまたベッドを反対側へまわる。布団からのぞいた姉貴の顔は細い髪の毛が頰と首筋に貼りつき、額と鼻の頭にはうすく汗が浮いている。化粧がきれいに落ちているのは、晴川家の体面と姉貴の立場を配慮した、お袋の仕業だろう。

「あら、シロウ」

　姉貴がぼくの名前を言い、腕を布団の外にのばして、大きくため息をつく。意識が戻ったのか、寝言なのか、表情からの判断は難しい。夢のなかでぼくの名前を呼んだとしたら、それはそれで、律儀な姉弟愛だ。

「シロウ、あんた、まだいたの」

「昨夜からいるさ」

「まったく、あんたって、意気地がないんだから……」

どうもやはり、寝言だったようで、その割りにはちゃんとぼくの人格を非難してくるところは、姉貴らしい。自殺を試みたあとまで、弟の人生を心配してくれるのは嬉しいが、ぼくの立場からは、大きなお世話だ。

そのとき、ドアにノックの音がして、返事をする間もなく、昨夜の看護婦と背の高い男の人が部屋に入ってきた。男の人も白衣を着ていて、眼鏡の光らせ方がいかにも、「私は医者だぞ」という雰囲気だ。二人は黙ってぼくに一瞥をくれ、姉貴のベッドへ歩いてから、看護婦のほうが布団をはいで脈をとりはじめる。姉貴も半分ほどは目を開いたが、それでもコーヒーとか紅茶とか、いつもの要求はしてこない。

「あなた、今ご自分がどこにいるか、お分かりですか」と、姉貴の上に腰を屈めながら、抑揚のない口調で、医者が訊く。

まばたきもせず、ぼんやりした目で部屋のなかを見まわしてから、唇をなめて、姉貴が小さくうなずく。

「お名前は？」

「晴川喜衣」

「生年月日は？」

「昭和四十三年、九月二十一日」

「お母さんのお名前は？」

「晴川久子」

「お勤めは？」

「大洋出版雑誌編集部」

「会社の住所は言えますか」

「港区南青山三丁目。共同ビル十二階」

「電話番号は？」

「三四七八・〇四九……」

医者の質問は、馬鹿ばかしいほど基本的なもので、そうやって姉貴の精神状態や、薬の後遺症を確かめているのだろう。朦朧《もうろう》としながらも殊勝に返事をしているから、姉貴も状況だけは、理解しているらしい。

「今のところ、体調に異常はありませんが、精密検査とカウンセリングをおこないます。一週間は入院していただきますよ」

姉貴が額に皺を寄せて、また小さくうなずき、医者と看護婦の顔を、ぼんやりと見くらべる。

「夕方にでもゆっくり、話を聞きます。とりあえず今は、休むことですね。肉体的にも精神的にも、今は休養第一と心がけてください」

医者が看護婦に目で合図をし、ぼくには見向きもせず、眼鏡の蔓《つる》を押さえながら大股に病室を出ていく。

看護婦もつづいて部屋を出ていき、姉貴もまた目を閉じて、ぼくは途方に暮れ、なんとなく窓の前へ歩く。外はすっかり明るくなり、ビルの背景に緑色の森が霞《かす》むように広がっている。風はなく、光の色は見えず、オナガのような鳥が連なって森の方角へ飛んでいく。三日ほど天気がつづいたから、今日あたりそろそろ、雨になるのか。

「あーあ、お腹が空いたな」と、また寝ぼけたのか、本気で目がさめたのか、独りごとのような声で、姉貴が言う。

「目、さめたんだ」

「耳元であんなふうに怒鳴られたら、だれだって目はさめるわ」

「早く寝た人は、早く目がさめる」

「朝から因縁をつけないでよ。それでなくてもわたし、気が滅入ってるんだから」

姉貴の視線はもう正確に天井をにらんでいて、鼻の形にも見慣れた頑固さが戻っている。声の調子に普段の強引さは感じられなくても、腹が空いたり気が滅入ったり、自殺未遂明けの朝としては、大した精神力だ。

「自分のやったこと、分かってるんだろう」と、窓から部屋のなかへ歩き、ベッドの足元に腰をのせて、ぼくが言う。

「宿酔いで頭は痛いし、原稿ははかどらないし、高橋には腹が立つし。なんだかみんな、面倒くさくなっちゃった」

「姉さんにしては、大人げがなかった」

「釈迦に説法だわよ。わたしだってたまには、苛々するの。あんたみたいに呑気な性格が、ほーんと、羨ましい」

「でも、今回は、やりすぎだ」

「分かってるわよ。死んだのならともかく、生きてるわたしに、説教なんかしないでよ」

姉貴が生きているからこそ、奇妙に元気だからこそ、ぼくだって愚痴のひとつも言いたくなるのだ。

「だけど、実際のところ、ねえシロウ、あれからどうなったのよ」

上半身を枕の上にずらし、セミロングの髪を色っぽくかきあげながら、姉貴がぼくの顔に目を細める。

「姉さんは青山のホテルで、睡眠薬を飲んだ」

「それは分かってる」

「二週間ぶんを、一度に」

「数なんかかぞえなかったもの。むしゃくしゃして、腹が立って、医者からもらった薬を、ぜんぶ飲んでやったの」

「その姉さんを、編集長という人がホテルで見つけて、病院を手配した」

「飯村ちゃんが？」

「名前は、知らない」

「彼、わたしに惚れてるのよね」

「ああ、そう」

「会社のほうはどうにでもなるわ。で、ホテルで見つけてから？」

「救急車で運ばれて、胃洗浄をやって、お袋や親父が駆けつけて、それでぼくが、今朝までつき添った」

姉貴が首を長く反らして、肩をすくめ、顔の片側に自嘲的な皺を浮かべながら、ふんと鼻を鳴らす。行為自体は自覚していても、予想される混乱に関してはまだ、頭の焦点が合っていないのだろう。

「お袋、入院の支度をして、正午《ひる》には来るってさ」

「へーえ」

「警察も来るらしい」

「なにをしに」

「事情聴取」

「だれの」

「姉さんの」

「どうして」

「自殺未遂だから」

「わたしが……あら、そうなの」

睡眠さえじゅうぶんで体調がよければ、姉貴という人は決して、自殺なんか考えない。昨日は宿酔いで仕事がはかどらなくて、高橋さんに怒っていて、それでつい睡眠薬を飲んだのだ。薬を飲んだのが自分でなければ、こんな事件は欠伸ひとつで忘れてしまう。

「ねえ、シロウ、訊いてもいい？」

「なにを」

「本当にわたし、自殺だったの」

「遺書を書いたんだから、そうじゃないかな」

「遺書って」

「高橋のバカ。森海生のバカ。柿郎のバカ」

「ああ、あれ、ね」

「二週間ぶんの睡眠薬を飲んで、あんなものを書いたら、ふつうは自殺になる」

「自分でも覚えてないのよねえ。なにもかも面倒くさくなったことは確か。宿酔いで頭が痛くて、眠りたかったことも確か。でも死ぬ気まで、あったのかしらね」

実際に事件を起こしたのは姉貴のほうで、いくら姉弟でも、ぼくにそこまでの核心は分からない。本当に死にたかったのか、ただ眠りたかっただけなのか、それは本人が考えることだ。

「遺書を書いたことは、覚えてるんだよな」と、姉貴のかさかさに乾いた唇や、小鼻に浮いた脂を空しく眺めながら、ぼくが訊く。

「なんで書いたのかしら、ねえ？」

「高橋さんのことは分かる。森さんのことも分かる。だけどぼくに、なんの恨みがあるのさ」

「わたしがシロウに、なんの恨みがあるのよ」

「訊いているのは、ぼく」

「あんたのことなんか、恨んでいないけど」

「それじゃ、なぜ、ぼくの名前を？」

「ついでよ」

「ついで？」

「文章学的に三名連記のほうが、美しいじゃない。高橋と森海生はすぐ思いついたけど、あとの一人が浮かばなかった。まさか、ねえ、飯村ちゃんでは、具合が悪いでしょう」

自殺の間際まで、文章の構成や会社での人間関係を考慮するのは立派だが、ただのついでで、遺書に弟の名前は、出さないでほしい。

「だけどやっぱり、まずかったわよねえ」と、肩の髪を指先にからめながら、大きく欠伸をして、姉貴が言う。「あのメモ、親父や母さんも、見たわけよね」

「お袋に、高橋さんのことを訊かれた」

「なんて答えたの」

「知らない、と言っておいた」

「やばいなあ、なぜ書いたのかなあ。こうなると分かっていれば、渡辺か香西の名前にしておいたのに」

「渡辺か香西って」

「昔つき合っていた男」

「書いてやれば、相手も、光栄に思ったろうね」

「でも高橋のことは、やばいわ。母さんに説明するのもだるいし、騒ぎが大きくなれば向こうにも、迷惑がかかる」

三角関係での自殺や自殺未遂は、もともと、相手に迷惑をかけることが目的なのだ。将来をはかなんだとか、人生に無常を感じたとか、まさか姉貴に、そこまで高級な意図はなかったろう。疲労や仕事での混乱はあったにしても、基本的に今回の事態は、高橋さんとの不倫が原因なのだ。姉貴にしても形はどうであれ、高橋さんとの関係に結論を出したい、と思ったにちがいない。

「姉さん、高橋さんの会社、どこだっけ」

「神宮前、表参道の近く」

「会社の名前は？」

「フレンチウエスタン」

「電話は？」

「三三五……どういう意味よ」

「高橋さんには、知らせたほうがいいだろう」

「冗談でしょう。そんなことをしたら、わたし、あんたを恨んで死んでやるわ」

「二度も死なれては、困るけど」

「本気で言ってるのよ。シロウ、高橋に知らせたら、お金なんか、もうぜったい貸してやらないから」

一昨日《おととい》は、トラブルに介入しろと言って、そして今日は、高橋さんに知らせるな、と言う。どちらが本心なのか、姉貴自身、判断がついているのか。

「一昨日『ロックンロード』で飲んだときは、ぼくに、高橋さんの奥さんを殺せ、と言った。それができなければ、自分が高橋さんと奥さんを殺して、東京タワーから飛び降りるって」

「わたしが？」

「高島平はいやだって」

「高島平は、そりゃあ、ださいけど」

「錯乱して自殺未遂をするのは、ださくないわけ」

「だからね、昨日のことは、はずみなのよ。いろんなことに腹が立って、疲れて、それでただ、休みたかっただけなの」

「でも原因は、やっぱり、高橋さんだよ」

「シロウが口を出すことでは、ないでしょう。これはわたしの問題なの。わたしと高橋の二人だけで解決すべきことなの。親父にも母さんにもあんたにも、一切口なんか、出してほしくないわ」


自殺未遂明けという環境を考慮しても、姉貴の言い分は少しばかり、勝手すぎる。自分で対処できるなら、薬なんか飲まないはずで、口を出せと言ったり出すなと言ったり、ぼくにどうしろというのだ。

「シロウはとにかく、黙っていて。親父や母さんが知っても、どうにもならないことなの。あんたに迷惑はかけない。それに必要なら、お金も貸してあげるから」

「好きにするさ。もともとぼくには、関係ないことだもの」


ぼくはひとつ、わざと欠伸をしてからベッドをおり、肩をすくめて、ドアのほうへ向かう。体調にも気分にも問題はなさそうだし、意識さえ戻れば姉貴は、本質的に、強靭な性格なのだ。睡眠薬を飲みたいのはぼくのほうで、立場が逆だったら今ごろ、浦和の家では葬式の支度を始めている。

「シロウ、あんた、どこへ行くの」

「外の空気を吸ってくる」

「コンビニでヒレカツ弁当を買ってきてよ」

「入院患者には、食事が出るだろう」

「どうせ碌《ろく》なもんじゃないわ。それにわたし、昨夜は夕飯を食べそこなってるの」

食欲のあるのはいいことで、本当ならぼくも、素直に喜ぶべきところなのだろう。

「覚悟を決めなくては、ね。医者も入院だとか言ったし、思い切って、有給でもとろうかしら」

「安静第一だものな」

「ついでにコーヒー」

「分かってるよ」

「お砂糖もミルクもいらない。百パーセントピュアなやつ。缶でもいいけど、できたら落としたてのアメリカンがいいわ」

「百パーセントピュアの、落としたてのアメリカンにヒレカツ弁当、ね」

「シロウ」

「うん？」

「いろいろ、ありがとう」

「どうせ暇だもの」

「ついてないなあ。森海生の連載がとれたのに、これでボーナスとさしひきだわ。ただ真面目に働いているだけなのに、どうしてわたしだけ、いつもいつも、こういうふうに不幸なのかしら」

＊

雨にそなえて餌のとり溜めをしているのか、雀の群れがせわしなく欅《けやき》の枝を往復する。ベビーカーの母親が向こうのベンチで週刊誌を広げ、制服を着たＯＬが二人でブランコをゆすっている。見慣れたはずの公園の風景に、それでもやはりぼくは、不安定に緊張してしまう。

病院で朝飯が出たのが八時。お袋が旅行鞄と紙袋をさげてやって来たのが十一時。警察も事情聴取とやらにはあらわれず、お袋とつき添いの交代をして、ぼくは任務を終了してきた。足が高田馬場の公園へ向いたのは、山口明夜の顔が見たいという、単純な理由だった。外の世界は目がまわるほど躍動しているのに、ぼくだけはいつも、術《すべ》もなく傍観している。

白い犬が鎖をひいて通りすぎ、咳払いの音を、ぼくは意識して咽の奥に押し込む。世界中で白い犬を連れているのは山口明夜一人だけだと、ぼくはしっかり思い込んでいたのだ。

犬を連れたおばさんが公園の敷地からいなくなって、ぼくは腰をあげ、目眩をひきずったまま明治通りの方向へ歩き出す。早稲田通りは昨日見てまわったから、ペットショップがあるとしたら明治通り沿いのどこかだろう。ベンチに座ったままでは山口明夜に会えるとは限らないし、昨日だって犬と明夜は公園に来なかったから、犬たちが予定より早く問屋に返された可能性もある。カメラをぺろりと舐める犬なんか、本来ならハンバーグにされたって、文句は言えない運命なのだ。

ぼくは一度早稲田通りに出てから、明治通りとの交差点まで歩き、北へ向かうゆるい坂を新目白通りまでくだってみた。日当たりの悪そうな寂《さび》れた一画で、酒屋や警察署の建物が目立つ以外、喫茶店もブティックもない枯葉の多い歩道だった。

オートバイや自転車や都バスや、遠慮がちにカーブを曲がる都電の流れを眺めながら、五分ほどぼくはその交差点に立っていた。それから突然、根拠のない確信を感じ、来た道を早稲田通りまでひき返した。花屋の店先で女の人にペットショップの有無を尋ねたのは、動物と植物とを無理やり関連づけてみた結果だった。

女の人が、十分ほど新宿寄りに犬猫ショップがあると教えてくれ、距離に疑問を感じたが、とにかくぼくはそこまで行ってみることにした。ほかに用があるわけではなし、家で姉貴の不倫問題を心配していても、仕方はない。

明治通りの歩道に見つけたペットショップは、両どなりを薬屋とバイク屋にはさまれたビルの一階で、狭いショーウィンドウに灰色の小さい猫を押し込み、店先にはドッグフードの袋や餌の缶詰が段ボールのままつみあげられていた。ドッグフードにも猫のウィンドウにも、みな『大特価』と書かれた大きな札が貼ってある。人間の都合で特価品にされた犬や猫は、死んだあと、このペットショップに化けて出るだろう。

入っていくと、なかは奥に細長い採光の悪いディスプレイで、動物の臭気が万遍なく充満し、棚にも床にも首輪や薬品のペット用品がなだれ落ちそうなほど山積みになっていた。壁の一画には上下二段に仕切られた鉄の檻があり、不安な目をした犬や猫が、それぞれ二、三匹ずつ鳴きもせずにうずくまっている。猫はみな同じように見え、犬も檻によって種類はちがうらしいが、ぼくが知っているスピッツやコリーはどの檻にも見当たらない。そういえばシェパードとかプードルとか、あの類いの犬は町でも見かけなくなっている。ペットにも服やクルマのように、流行のようなものがあるのだろう。

首輪やキャリーケースや猫の爪研ぎ板や、種類の多さに唖然とはしても、ぼくはペットショップの商品見学に来たわけではない。目や耳の神経が自覚もなく、店の暗処《くらみ》に山口明夜の姿を探しはじめる。染めた髪をうしろに束ねた中年の女の人がいる以外は、店員も客も見当たらない。ここは山口明夜の勤めているペットショップではないのか、それともまた、犬の散歩にでも出ているのか。

そのときぼくの足元で、小さくうずくまっていた犬が鼻声で唸り、檻の鉄柵にうしろ足で立ちあがってきた。檻の犬はみな白くて同じような形だったが、背伸びをした犬は耳の先端が黒く、公園でカメラをぺろりとやった、あの失礼で人なつこいパピヨンだった。ぼくの顔を覚えているとも思えないから、店に来た客にはだれにでも愛想をふりまく、律儀な性格なのだろう。パピヨンがいるということは、山口明夜も、この店でアルバイトをしているのだ。

背中が痛くなるほど緊張し、ぼくは集中力が頭のなかに戻ってくるまで、犬の前にかがんでその鼻面をなでていた。偶然言葉を交わしただけの女の子を探して、勤め先にまで来てしまったのだ。滑稽で唐突な行為でもあるし、控えめに言っても、ださいだろう。健全な女の子からは歓迎されない行為で、やはり会えるまで公園で待ちつづけるか、店に来るにしても、さりげなく偶然を演出するべきだった。

このまま帰るのか、男として勝負に出るのか。常識と情熱の狭間《はざま》で、ぼくは冷汗が出るほど迷っていた。しかししゃがみつづけることにも疲れ、ついに、思い切って、腰をあげることにした。姉貴は寝言にまでぼくを意気地なしと罵《ののし》るが、立ちあがって、向きを変えて、髪を染めた女の人の前ぐらいまで、ぼくだってちゃんと歩いていけるのだ。

「あのう、すみません」

「はい？」

「犬……」

「はい」

「パピヨン……」

「ええ」

「あの犬、いくらでしょうか」

女の人が頭ごと首をのばして、ぼくの肩越しに、近眼のような目で犬の檻をのぞき込む。首のネックレスが金色に光り、入れ歯と分かるきれいな歯が、にっこりとこぼれ出す。

「可愛いワンちゃんでしょう。父親はＢＯＢになってるし、母親はフランスからの輸入犬なの。もちろんあの仔犬にも、血統書がついてるわ」

「ＢＯＢ？」

「コンテストで犬種別の最優秀犬になった、という意味」

「すごいですね」

「そうでしょう。これだけ血統のいい犬、ほかのショップなら二十万円はするのよ。うちは特別なルートで入れてるから、十五万でお分けできるの」

「檻には『大特価』と書いてあります」

「大特価にして、十五万円なのよね」

「山口さんは、もっと安くなると、言ってました」

「あら……」

入れ歯とネックレスを光らせたまま、女の人が目尻の皺を、躊躇もなく笑わせつづける。

「仔犬にしては、育ちすぎてます」

「山口さんのお知り合いなの」

「彼女、今日は、休みですか」

「辞めたわよ」

「はーあ？」

「一昨日」

「一昨日？」

「突然辞めると言い出して、それっきり。アルバイトだったたし、うちも暇ではあったけどね。ほかになにか仕事でも、見つけたんじゃないかしら」

重心が破綻して、意識や節度に関係なく、ぼくはうっかり、カウンターの角に肘を打ちつけそうになる。一昨日アルバイトを辞めたということは、公園で会った、あの直後ということだ。気が変わったらパピヨンを買いにこい、と言ったくせに、そういえば山口明夜は店の場所も名前も、電話番号も言わなかった。

「山口さんのお知り合いなら、一割ぐらいは、値引きしてあげられる」と、まっすぐぼくの顔を見つめて、小皺でかこまれた口を不気味にゆがめながら、女の人が言う。

「直接、山口さんから買うと、約束しました」

「直接といっても、ねえ、もう辞めちゃったわけだし」

「約束なんです」

「彼女がいても、一割以上はまけられないわよ」

「そういうことではなくて、つまり、義理とか礼儀とか……それで、彼女の住所、教えてもらえますか」

女の人がぼくの顔を見つめたまま、怪訝そうに、ぴくっと小鼻をふくらませる。表通りにはクルマが渋滞し、緑色の都バスが店の採光をさえぎってくる。寒いわけでもないのに、ぼくの背中には、自覚できるほどの鳥肌が立っている。

「住所は分かるけど、そういうこと、教えていいのかしら」と、からかうような、ためらうような口調で、女の人が言う。

「高田馬場の近くに、児童公園があります」

「ブランコと鉄棒があって、たまに浮浪者が寝ているわね」

「一昨日、夕方、山口さんが犬を散歩させていました。そこで知り合って、約束しました。だから山口さんの意見を聞かないと、あの犬、買うわけにはいきません」

自分で言っていながら、ぼくだって自分の論理には、非常な疑問を感じていた。しかし場合によっては論理より、情熱を優先させるべきケースもあるのだ。

「山口さんも変わっていたけど、あなたも変わってるわねえ。よく分からないけど、それなら、そういうことにしてみたら？」

女の人が浅く息をつき、カウンターの下からバインダーをとり出して、小さいメモ用紙に書き込みを入れはじめる。どうせ何日かあとには問屋に返す犬ではあるし、風変わりな青年が気まぐれで買ってくれるとしたら、それでもいいと思ったのだろう。

女の人の光るネックレスや口元の小皺に、心のなかで、ぼくは深々と頭をさげる。

「ぎりぎりにサービスしても、一割五分引きまで。ねえあなた、山口さんに会ったら、わたしがそう言った、と伝えてちょうだいね」

昨夜姉貴が自殺未遂なんかやらなくて、ぼく自身が寝不足でもなくて、高橋さんの奥さんが双子なんか生まなくて、お袋のところへ奇妙な手紙が来なかったら、果たして今日、ぼくにこんな冒険が、可能だったろうか。

＊

『北区赤羽三丁目二十二の六。せせらぎ荘２０２』

山口明夜の住所が北区の、それも赤羽というのは、感動するほど意外な場所だった。お袋は「日本で一番お米がたくさんとれる場所」とアホウな冗談を言うが、それは終戦直後の、東北からの闇米が赤羽に集まってきたころの話らしい。この二十二年間、赤羽に住んでいる友達は一人もいなかったし、住みたいと言った人間にも出会わなかった。ぼくも京浜東北線を埼京線に乗りかえるだけで、おりたことも、おりたいと思ったこともない。機会がなくて田無や町田へ行かないのとは、微妙なところで、感想がちがう気がする。

改札を東口に出ると、噴水のある駅前には高島平や王子へ向かうバスが並んでいて、女子高校生のグループや買い物袋をさげたおばさんたちがたむろし、都内の住宅地というより、浦和よりもっと先の、どこかの小さい地方都市に似た印象だった。人の歩き方も緩慢で、大通りを流れるクルマも空気の下に重く澱んでいる。荒川の鉄橋をわたるときいつも眺める町なのに、山口明夜が住んでいるというだけで、マクドナルドや銀行の看板にも不思議な新鮮さが感じられる。

ぼくは駅前の住居案内図を確認し、中央通り商店街という人気《ひとけ》のない道を、息苦しさを誤魔化しながら歩きはじめた。山口明夜が部屋にいるのかどうか、もし顔を合わせてしまったら、なにを話すのか。突然訪ねていって、どうしても会いたかったと言ったら、彼女はぼくを、交番につき出すだろうか。

商店街をすぎ、まだ店をあけていないスナックや小料理屋の路地を抜けると、岩淵町と標識のある広い交差点に出た。案内図では交差点をななめにわたった辺りが赤羽三丁目のはずで、角には木造の時代がかった米屋があり、大通りをはさんだ二ヵ所に真新しい地下鉄の駅が見える。

ぼくはその交差点を荒川方向へわたり、もう一度通りを横切って、二十二番地を探しながら路地を徘徊しはじめた。本郷や谷中のような軒を接するほどの下町でもなく、杉並や世田谷ほど他人行儀な住宅街でもない。マンションふうの建物はほとんどなく、木造住宅のひしめくあいだに、ときたまアパートのベランダが見えてくる。駅前にも商店街にも人は少なかったし、住宅街の道にもまるで人影はない。地下鉄まで走っているのに、都内でこれほど閑散とした町は、そうはないだろう。

路地から路地へ、十分ほど歩きまわり、小学校の塀に二十二番地の標識を見つけたとき、霊感のようなものが、ぽんとぼくの肩をたたいてきた。校庭をはさんだ道の向かい側にモルタルの家並みがあって、一ヵ所に灰色の狭い外階段がはみ出している。建物も青みがかった灰色で、アルミサッシの窓が窮屈そうにのぞき、階段のわきには四個の郵便受けと白いプラスチックの表札がかかっていた。確認するまでもなく、横書きの表札には、活字体で『せせらぎ荘』という、黒くかすれた文字が書かれている。

校庭に木霊《こだま》する子供の声を頭のうしろで聞きながら、ぼくは掌の汗をジーンズの尻にこすりつけ、郵便受けの前まで歩いて、そこで深呼吸をする。心臓に集まってくる血管が途中でねじれたような、目の遠近調節機能が狂ったような、自分の存在に責任がもてないほどの、この緊張感。202号の郵便受けには『やまぐち』と書いた白い紙がさし込まれていて、そして名前を書いたその文字はなぜか、最近では流行《はや》らない、丸文字だった。

恋のために自殺をはかる人間のことを考えれば、交番につき出されるぐらい、いくらでも覚悟できる。ぼくは自分に対して必死に言い訳をし、階段の一段目に足をかけて、あとは一気に二階まであがる。階段をのぼったりドアをノックしたり、そこまでなら、少なくとも、犯罪ではないだろう。

二階の廊下は階段と同じほどの狭さで、手前のドアが201、奥の南側に向いている部屋が山口明夜の202号室。壁はモルタルに塗料を吹きつけたかんたんなもので、ドアも蹴とばせば破れそうな白い化粧ベニヤだ。小谷さんのアパートより全体に貧弱な感じで、東側にも南側にも空らしいものはのぞけない。

血迷ってはいても、犯罪ではなし、頭も狂ってはいない。ぼくは自分にそう言い聞かせ、期待と恐怖に混乱しながら、目をつぶって三度、拳をドアに打ちつけた。なかから返事がしたら逃げ出したかも知れないが、声も物音もなく、ぼくは呼吸をととのえ、わきの下に噴き出した汗を無視して、また三度ドアをノックする。やはり返事はなく、ぼくの萎縮していた血管に、血液がさらさらと流れはじめる。山口明夜に会いたいのか、会いたくないのか、自問するのも馬鹿ばかしい。恐怖と安堵と失望が、溶け合わずに神経の末端を駆けめぐる。胃の上のほうが痛いような悲しいような、分析不可能な心理状態だ。ただ女の子の部屋をノックするだけのことに、ぼくはなぜここまで、人生を賭けるのだろう。

どれぐらいそこに立っていたのか、よくは分からなかったが、頭のなかに校庭からの声が蘇生して、ぼくはドアの前から離れることにする。メモを残したくても言葉なんか見つからないし、会う前に交番へ通報されたら、恥をかく場面さえ失ってしまう。

階段を下におりてから、ぼくは腕時計で時間をたしかめ、決心のつかないまま、重い曇り空の道を駅とは反対の方角へ歩きはじめた。案内図ではすぐ荒川に行きつくはずで、山口明夜に会えなくても、もうしばらく同じ町の空気を吸っていたい。暗くなるまでには二時間もあるし、家へ帰ったところで、お袋も病院から戻ってはいないだろう。カメラの手入れや図鑑調べや、昨日まではいくらでも暇つぶしはあったはずなのに、気力の予感すらわいてこない。

小学校の横を北側へ抜けると、いくらも行かないうちに低い土手につきあたり、土手に沿って工事用のトラックや商用車の行き交う幅の狭い道に出た。前面の空は広く百八十度に開いているから、土手の向こうが荒川なのだろう。

ぼくは信号のない道を急いで横切り、ガードレールをまたいで、コンクリートでかためてある斜面を息もつかずにあがる。視界が突然明るくなって、曇り空のなかに工事途中の高層ビルが一棟、地球から煙突が生えるように飛び出している。土手の真下には五面のテニスコートがあり、向こう側に細い水路をはさんでもうひとつの土手が見える。荒川がこんな狭いはずはないから、手前の川は新河岸川《しんがしがわ》と呼ばれる農業用水路だろう。この用水路がどこかで名前を変えて、隅田川になるのだ。

視界が開けたり草の匂いが強くなったり、それだけでぼくはもう、条件反射的に気分が楽になる。高い土手に阻まれて荒川の対岸は見えず、少し迷ってから、ぼくは用水路をわたって本物の荒川土手に出る。下手《しもて》にはクルマが走っている橋が見え、上手《かみて》には鉄橋越しに小さい歩行橋が見える。距離は川上のほうが遠かったが、排気ガスに身をさらすのも腹が立つし、百メートルや二百メートルの距離を節約することにも、意味はない。

ぼくは歩行橋をわたり、電車の走る鉄橋を川下側にくぐってから、目の下に広がった景色に、秘めやかな可笑しさを味わう。赤羽側の岸には咲き残ったコスモスが地味な色に広がっていて、実際に目にするまで、その光景を思い出しもしなかった。いつも京浜東北線の電車から眺めているはずなのに、自分が風景の内側に入ってしまうと、外側の自分をつい忘れてしまう。

鉄橋をわたる水色の電車を下から眺めながら、ぼくは土手に腰をおろし、波もたてずに流れる川と対岸の霞んだビル群を、欠伸と一緒に透かし見る。新河岸川土手から煙突のように見えた高層ビルには『スカイタワー』という工事用の看板が出ていて、まわりのビルを圧して灰色の空を鋭く切り裂いている。対岸は埼玉県の川口市で、昔はこの辺りが海への出入り口だったのだろう。

目のすぐ近くを羽裏の白い千鳥が飛び、赤い花をつけたイヌタデを、バッタがぴょんと跳び越える。十一月のバッタに違和感はあるが、そういえば高田馬場の公園にも夏の虫が這っていた。実際に今も、黄色いセイタカアワダチ草の上を二羽のモンシロ蝶が飛んでいる。野球の練習場からは遠い喚声が聞こえ、早足で散歩をする年寄りのうしろ姿が見え、雑草の湿気や重い空気の匂いが遠慮もなく伝わってくる。寒くはないし、平和な退屈ではあるが、雨の気配がぼくに居眠りを許さない。うしろを銀色のジョギングスーツが走り抜け、そのときだけ一瞬、モノトーンの風景がささやかに乱される。

ジョギングスーツが感心するほどの早さで消えていき、雑草の冷たさに、ぼくも仕方なく腰をあげる。雨の気配は本物で、これで雨に濡れたらぼくは本当に、ネクラな変わり者になってしまう。赤羽ぐらい毎日でも通えるし、その気になれば自転車で走って来ることもできる。ぼくの家が浦和で山口明夜のアパートが赤羽にあったことは、もしかしたらぼくたちの、そういう運命だったのか。

土手の上に戻り、来た道を歩行橋のほうへ歩きだして、さっきのジョギングスーツが目に入り、危なくぼくは雑草に足をとられそうになる。距離は五十メートル以上も離れているし、頭には青いスポーツタオルをかぶっている。しかし重心の高いその歩き方は、犬を連れて高田馬場の公園から出ていったときの、山口明夜のものではないか。期待が幻影となって姿をあらわしたのか、たんなる寝不足の幻覚なのか。山口明夜のとなりには日灼けが人相として定着しているような、中年の男の人が歩いている。

ぼくの足はとまらず、前の二人も橋に近づいてきて、進退のきわまったところでついにぼくらは、正面から向かい合う。気配が伝わったらしく、スポーツタオルの下から、山口明夜の冷静な視線がぼくの顔に向かってきた。気持ちの準備はできていたはずなのに、その衝撃で視界が、情けなくゆがんでしまう。

二人が橋の手前で立ちどまり、短く言葉を交わしてから、男の人だけが飄然と新河岸川をわたっていった。上着の左肩が奇妙につっ張って見える、中背の痩せた人だった。

アパートの近くだから出会う確率はあったにしても、ジョギングスーツ姿の山口明夜までは、予想していなかった。近寄ってくる山口明夜の頬には困ったような呆れたような、小さい笑いが浮かんでいる。

「やあ、ずいぶん、偶然だな」

山口明夜が頭のタオルを首の下にさげ、額に貼りついた前髪をすくいあげながら、黙って呼吸をととのえる。

「その、水辺の昆虫に、興味があって」

「カメラももたずに?」

「今日は、いわゆる、ロケハン。近くにこんな場所があったことを、今まで忘れていた」

「あんたの家、どこ?」

「浦和」

「一昨日は高田馬場だったのに」

返事をくしゃみで誤魔化し、貧血を起こしそうな頭に、ぼくは意思力で精一杯の気合いを入れてやる。こんなところで会うのは予定外の成りゆきだが、部屋のドア越しに最初の言葉を交わすより、いくらかは救いがある。アパートと赤羽駅は同じ方向で、ぼくらは二人とも、そちらへ向かって歩いているのだ。

「ペットショップから、電話があったわ」と、橋の階段に足をかけ、肩をすくめながら、山口明夜が言う。「変な人が訪ねてきたって」

「犬のことが心配だった」

「飼う気になったの」

「ちょっと、心配になっただけ」

電話で話を聞いているとすれば、ぼくが赤羽にいる理由は、知っていることになる。カメラをもっていない理由だって、山口明夜には最初から分かっていたのだ。

「パピヨンはいたけど、ほかの犬は、見分けがつかなかった」

「問屋に返されて、運がよければ、繁殖業者にひきとられるわ」

「運はいいさ、性格もよさそうだし」

「飼う気、本当にない？」

「無理をしたらおれも犬も、辛くなる」

「大人の判断、か。見かけよりあんた、まともなのね」

橋をわたりきり、新河岸川の土手を下流に歩きながら、悲観していいのか満足していいのか、ぼくは複雑な気分になる。山口明夜に無視されなかったのは喜ぶべきだが、表現力が破綻して、このままでは犬の話題で時間がつぶれてしまう。五分も歩けばアパートにつくし、そうなったらぼくだって、意地を張って颯爽と別れなくてはならない。まさか山口明夜も「部屋に寄ってコーヒーを飲んでいけ」とは、言ってくれないだろう。

「きみが店を辞めていて、困った」と、足をとめ、テニスコートの横にある小さい公園を見おろしながら、ぼくが言う。

山口明夜も一瞬足をとめたが、首のタオルに両手をかけただけで、黙って新荒川大橋の方向へ歩きだす。

「まだ」

「ほかの仕事、見つけたのか」

「あの店、なぜ辞めたんだ」

「あんたに関係ある？」

「ないけど、訊いてみただけ」

「閉じ込められている動物を見るのが、辛くなったの。それだけのこと」

膝と背筋をのばした山口明夜の歩き方は、怒っているようでもあり、気取っているようでもあり、タオルで意識的に表情を隠しているようでもある。

「さっきの走り方、プロのマラソン選手みたいだったな」

「あんたに分かるの」

「それぐらい……おれの名前、言ったと思うけど」

「晴川ね、名前のほうは覚えていない」

「シロウ。柿の木のシに椿三十郎のロウ」

「椿三十郎って」

「映画。昔、黒澤明が撮ったやつ」

「知らないわ」

「きみ、いくつ」

「二十二」

「おれと同じだ」

「だから？」

「黒澤の映画ぐらい、知ってると思ってさ」

直線的な山口明夜の眉が、右側だけ上に弧をえがき、無表情だった目に意外なほどの困惑が広がる。突然に侵入してくる明夜のこの繊細さは、初めて会った日と同じものだ。その極端な振幅が、不思議にぼくの緊張を和ませる。

「そうかも知れない。ふつうの女の子なら、みんな知ってることなのよね」

タオルで乱暴に顔をふき、テニスコートに向かって息をつきながら、山口明夜が蹴飛ばすように膝をのばす。

「きみ、帰国子女か、なにか？」

「まさか」

「それなら……」

「英語なんか分からない。映画のことも知らない。中学からずっと、陸上競技をやっていたから」

山口明夜のジョギングスーツが素人の練習用でないことぐらい、聞く前から、ぼくにも分かっている。首筋に残っている不似合いな日灼けのあとも、陸上競技の選手ということなら、納得がいく。しかし公園のベンチに座っていたときの山口明夜は、たしか、タバコを吸っていた。

「やっぱりね、来てしまったわ」

「なにが」

「雨」

「ああ、やっぱり、な」

ぼくの額にも粒の大きい雨があたって、対岸のススキの穂もテニスコートの人影も、降りだした雨に忙しく動揺をはじめている。山口明夜の顔に見惚れていて、ぼくは雨に、気づきもしなかった。

山口明夜が目で合図をし、土手の途中から滑りおりて、ガードレールを跨ぎながら、肩越しにぼくをふり返る。ぼくだって靴はスニーカーで、一応は男でもあるし、必死の思いで土手をくだる。

山口明夜が走りだし、ぼくも釣られて、クルマのあいだから細い道を、一心に走りはじめる。カメラバッグがあれば言い訳にもなるのだが、手ぶらで、それにいくら陸上の選手とはいえ、女の子を相手におくれをとって、嬉しいはずはない。ぼくはなんとか山口明夜に追いつき、肩を並べて渾身の気合いで走りつづける。しかし最初に見えていた横顔が、すぐ首のタオルになり、ジョギングスーツの背中になり、そしてゴールではついに、二十メートルほどの先着を許してしまった。ぼくがやっと外階段にへたり込んだとき、山口明夜のほうは息も切らしていなかった。

「あんた、運動不足ね」と、階段の途中で立ちどまり、真上から冷たくぼくの顔を見おろして、山口明夜が言う。

「昨夜、寝ていないから」と、自分の声が出ることに感謝しながら、ぼくが答える。

「運動を軽蔑している顔よ」

「人によって、得意な分野はちがうさ」

「不得意でも基本は必要なの。基本的な算数や国語が必要なのと、同じこと」

「得意なのは、運動だけでは、ないんだな」

「どういう意味？」

「説教まで得意だとは、思わなかった」

鉄の階段が高い音をたて、しかしそれ以上の反応はなく、気がついたときには、山口明夜の足音と部屋のドアが閉まる音に、ぼくは呆気なくとり残されていた。考えてみれば、たしかに、ついて来い、とは言われなかった。ぼくが勝手に競走をしかけただけで、山口明夜にしてみれば雨宿りを勧誘してくるほどの、義理もない。ぼくのほうは毎日山口明夜のことを考えていたが、彼女にとっては、突然荒川の土手にあらわれた「へんな人」以外の、何者でもないのだ。寝不足で、パニックで、脳は酸欠を起こしていても、ぼくにだってそれぐらいの常識はある。

雨は本降りになっていて、道路からの吹き込みが階段を三段目まで濡らし、おまけに屋根からの滴が元気よく手摺にはねてくる。ぼくは途方に暮れ、階段の途中に座ったまま、茫然と雨を眺めはじめる。さっきはあれほど無茶をやったくせに、あらためて山口明夜の部屋をノックする勇気が、どうにもわいてこない。顔を合わせて、話をしてしまったことで、エネルギーが意気地もなく萎縮している。知らない町の知らないアパートの、こんな階段の途中に座り込んでいるぼくは、客観的にも、へんな人だ。

頭の上のほうで、不意に布のこすれる音がして、人の気配が、やっとぼくの困惑を救いに来てくれた。

「そんなところで、なにをしているの」と、ジョギングシューズをサンダルにはきかえ、怒ったように腕組みをして、山口明夜が言う。

「なにをしているのか、自分でも、それを考えている」

「まだ立てない？」

「立つぐらい、かんたんさ」

「どうでもいいけど、あがったら？」

「いいのか」

「傘を貸してあげたいけど、一本しかないの」

「ふつうは、傘なんて、一本あればじゅうぶんだものな」

このやみそうにもない雨と、一本だけしかない傘に感謝して、ぼくは腰をあげ、身をひるがえした山口明夜のあとからドアの内へ入る。二十二年間、神様なんか信じたことはなかったが、今日以降は少し、信念を変更すべきだろう。

入っていった山口明夜の部屋は、感想を言うのも憚《はばか》られるほど、見事なまでに簡素な部屋だった。ドアの横に小さい台所とすりガラスのはまったユニットバスがあり、カーテンの向こうはスチールベッドと、デコラのテーブルがひとつだけ。衣装ケースのような家具はなく、ビデオ内蔵型のテレビが安っぽいラックの上に、へんな目立ち方をしている。冷蔵庫も炊飯器も見当たらないから、コンビニを台所として活用する生活なのだろう。

「わたし、シャワーを浴びるわ。あんたはテレビでも観ていて」

山口明夜がそっけなく仕切りカーテンを閉め、服を脱ぐ音を隠す気配もなく、ユニットバスでシャワーを使いはじめる。カーテンのうすさはともかく、汗をかいてシャワーを浴びるのは当然で、ぼくに襲いかかる勇気がないことぐらい、どうせ山口明夜は見抜いている。

シャワーの音には困ったが、それでもどうにか肩の力を抜き、壁に寄りかかって、ぼくはあらためて部屋のなかを見まわした。窓のカーテンは視界をさえぎる用途にだけ徹したような、仕切りに使っているものと同じ、安物のプリント模様。スチールのベッドにカバーはなく、ブルゾンやコーデュロイパンツなどの洋服が閑散と壁のフックに吊ってある。その横には『小林酒店』と印刷された絵のないカレンダー。ＣＤコンポやラジカセもなく、プラスチックの籠に放り込まれた雑誌以外、本らしいものも見当たらない。山口明夜はどこまで簡素な生活ができるか、世間と賭けでもしているのか。

テレビを観る気にもならず、寝るわけにもいかず、ぼくは雑誌の籠に手をのばして、なかの女性誌を期待もなくかきまわす。雑誌にまぎれて『最新ペット年鑑』というカラー表紙の本があったが、それ以外に専門書も小説もなく、白い布で装丁されたアルバムが一冊だけ、気の毒なほど目立っている。表札の丸文字も可笑しかったが、アルバムに貼られたドナルドダックのプリントシールは、山口明夜の無自覚な過去なのだろう。

ぼくは籠からアルバムを抜き出し、罪の意識もなく、その表紙を開いてみる。最初の写真は縁側を背景にした『一家勢揃い』という感じのやつで、みんなコートや和服を着ているから、正月にでも撮った記念写真だろう。子供は三人写っているが、横を向いたり目をつぶったり、どれが山口明夜なのかは分からない。

　ページをすすめていくと、すぐに山口明夜の端正な特徴があらわれ、五、六人の小学生のなかでも怒ったように大きい目は、軽く他の子供を圧倒していた。このころから背は高く、髪は前髪をたらした長いおさげだった。まだそれほどの日灼けは見えないから、競技として陸上を本格的に始めたのは、中学へ入って以降のことか。実際ページのなかばからは髪が男の子のような刈りあげになって、服装もトレーニングウエアや胸にゼッケンをつけた、競技用のランニングに変わってくる。一人で競技場のゴールに飛び込む写真もあれば、表彰状をもってはにかむように笑っている写真もある。ほかには修学旅行の記念写真も、友達とのスナップもない。同じような写真は高校生になってからもつづき、ページの最後は陸上のチームで写した『優勝』の記念写真になる。背景の横断幕には『全国高校女子駅伝選手権大会』とあって、なるほど、いくら女の子でも、ぼくと競走をして負けるような実力ではない、ということだ。

　写真に写っている選手は全部で七人。山口明夜はチームの中心らしく、笑いもせずカメラに向かって表彰状を開いている。となりで白い歯を見せているのは、荒川の土手から一人で帰っていった、つっ張った肩の、あの色の黒い男の人だった。チームの監督とか顧問の教師とか、そんな立場の人らしい。高校を卒業してもまだ山口明夜は、この人にコーチを受けているのか。

　ジョギングはしているにせよ、山口明夜が今も現役のランナーとして走っているとは、やはり思えない。走っているなら写真の一枚ぐらいあるはずで、楯とかトロフィーとか賞状とか、記念品だって部屋のどこかに飾ってある。顔の日灼けも消えているし、タバコを吸うこともないはずだ。中学から陸上競技に専念してきたわりには、この部屋も山口明夜自身も、少し殺風景すぎる。

膝のアルバムが突然宙に浮き、窓からの光を反射させた山口明夜の目が、冷静にぼくの顔を襲ってくる。眠っていたはずもないが、一分か二分、ぼくの注意力が切れていたのだろう。山口明夜はジーンズにロゴ入りのトレーナーをかぶり、頬と鼻の頭を赤くして、唇に缶入りのスポーツドリンクを押しつけている。

黙ってアルバムをプラスチックの籠に戻し、濡れた髪をかきあげながら、ベッドのまんなかに、山口明夜が表情を変えずに座り込む。

「もし雨がやまなかったら、駅まで送っていくわ」

「髪が乾いてからでいいさ。湯冷めは躰に、よくない」

「どうせ岩淵の駅までよ」

「そう」

「気を使わなくていいの」

「あの地下鉄、どこまで行ってるのかな」

「駒込」

「その先は？」

「知らない。乗ったことがないから」

山口明夜が口の端に力を入れ、左の頬に不似合いな笑窪をつくって、ベッドの外に足を投げ出す。形としては骨の細いきれいな足なのに、踵《かかと》と小指にはナイフで削ってみたくなるほどの、厚い肉芽《たこ》が盛りあがっている。

「忘れていた。きみに会ったら、松五郎のことを話そうと思っていた」

「マツゴロウって」

「昔うちで飼っていた犬」

「散歩に出てクルマにひかれた犬？」

「姉貴は純粋な雑種だと言うけど、おれはテリアの雑種だと思っている」

「似たようなものね」

「名前は雄みたいだけど、本当は雌でさ」

「可哀そう」

「手術もしないのに、子供ができなかった」

「ふーん」

「きみ、タバコを吸わないの」

「どうして」

「一昨日は吸っていた」

「やめたわ」

「いつ？」

「一昨日」

「躰によくないものな」

「あんた、そんなことを言うために、わざわざ赤羽まで来たの」

突然視界が明るくなり、それから暗くなって、耳鳴りのような音がぼくを揶揄《からか》うように、ざわざわと躰の内を這いまわる。最初にこの部屋のドアをノックしたとき、もし山口明夜がいたら、今ごろぼくは救急車で、病院へ運ばれていた。

「どうでもいいけど……」と、ぼくの動揺には敬意を払わず、ベッドの下でぶらりと足をふって、山口明夜が言う。「あんた、わたしが荒川にいることが、なぜ分かったの」

「やめてくれないかな、そういうの」

「そういうのって」

「『どうでもいいけど』と、『あんた』っていうの」

「どうして」

「嫌いなんだ」

「なぜ？」

「おれにとって『どうでもいいこと』なんかひとつもないし、『あんた』って呼ばれると、姉貴を思い出す」

「お姉さんのこと、嫌いなの」

「好きだけど、ああいう人の人生には、深入りしたくない」

覚悟はできていても、もう奥歯の手前まで出かかっている「きみに会いたかった」という一言が、どうしても、出てこない。

「姉貴、昨夜、自殺したんだ」

「へーえ」

「でも、ちゃんと生きてる」

「自殺未遂ね」

「静かに生きることが、なぜできないのかな」

「だれのこと？」

「姉貴」

「わたし、お姉さんのことなんか、訊いてないわ」

「偶然さ」

「なにが？」

「君と荒川で会ったのは、偶然だった。赤羽まで来たのは、もちろん、偶然ではないけど」

投げ出されていた山口明夜の足先が、膝の下にゆっくりと戻っていき、スチールのベッドがきしんで、空気のなかにしばらく、皮膚が痒くなるような沈黙がつづく。ぼくが松五郎の話や姉貴への愚痴を言いに来たのではないことを、山口明夜も、理解はしてくれたのか。

「でも、まさか、な」と、畳の上に膝をのばしながら、耳鳴りに頭をふって、ぼくが言う。「きみが駅伝の選手だとは、思わなかった。知っていれば一緒に走らなかった」

「走ったのは二年ぶりよ。躰が重くて息が切れて、自信がなくなった」

心臓がいくらか冷静さをとり戻し、ためらっていたぼくの血を、少しずつ血管の末端に押し出していく。

「二年ぶりであのスピードなら、オリンピックにも出られる。次のオリンピック、どこだっけ」

「興味はないわ」

「ゴールで待ち構えていて、君が優勝する瞬間を写真に撮りたい」

「今日は試しに走っただけよ。つづけるとは、決めていない」

ひとつ呼吸をして、山口明夜がスポーツドリンクを飲みほし、部屋のなかに視線をめぐらしながら、軽く下唇を噛む。走ることへの思いは見当もつかないが、アルバムから消えている高校以降の写真が、理由はともかく、なにかの事情を説明しているのだろう。

山口明夜が窓に手をのばし、三十センチほど開いて、座ったまま空を見あげる。窓の外はとなりの家の壁で、雨音が聞こえる以外に降り方の程度は分からない。

「小降りになったみたい。やむようには見えないけど」と、投げやりな横顔を見せながら、唇を動かさずに、山口明夜が言う。

「きみ、陸上競技を、どうしてやめたんだ」

「他人には関係ない」

「一流になれたかも知れないのに」

「どうかしらね」

「きみなら、なれたさ」

「一流になって、それから？」

「それはそのときに考える」

雨音に耳を澄ますように、山口明夜が目を細め、窓からの風に小さく欠伸をする。

「旅行もできないし、映画も観られない。走ってもいいことはないわ」

「旅行をしても映画を観ても、いいことはないさ」

「わたしだってほかの人と同じように歳をとって、ほかの人と同じように、死んでいく。だからほかの人と同じように好きなものも食べたいし、お酒も飲みたい。晴川くんのほうこそ、どうして写真を始めたの」

「おれには、なにも、才能がないから」

「大学は？」

「辞めた。高校も途中で辞めたし、写真もまた、いつかは、やめる気がする」

「面倒な性格ね」

「性格はいいんだ。医者が保証した。高校を中退したとき、無理やり医者へ連れていかれた。性格はいいけど、社会的過剰適応症だって」

山口明夜の視線が戻ってきて、笑い出す直前のような影が、長い睫《まつげ》を微妙に震わせる。その右の目蓋に小さいソバカスが散っていることに、ぼくは、初めて気がつく。

「社会や他人に、過剰な適応反応をするらしいんだ。それで、途中で、神経が切れてしまう」

「根気がないだけよ」

「結果的には、そうかな」

「本当にしたいことは？」

「ないことも、ないさ」

「たとえば？」

「アフリカとかチベットとかアマゾンとか、自分の足で歩いてみたい」

「疲れそう」

「むき出しの自然とか、人間とか、そういうものを、自分の目で確かめたい」

「確かめてどうするの」

「どうするのかな。ただ、生きていることに違和感がなくなれば、おれは、それでいい」

自分の言葉がどこまで山口明夜に伝わるか、期待なんか、していない。それでも口に出したことは赤面するほどの本音で、アフリカだろうが日本だろうが、この瘡蓋《かさぶた》のような違和感を捨てられる場所が見つかれば、ぼくの人生は、そこで完結する。

山口明夜がベッドをおりて、部屋を横切りながら空き缶をビニール袋に放り、台所の境に浅く顔をのぞかせる。ぼくの人生観に感銘を受けた顔でもなかったが、少なくとも「どうでもいい」とは言わず、「退屈な人」とも言わなかった。それにどこまで意識しているのかは知らないが、山口明夜は初めて、ぼくを「晴川くん」と呼んでいた。

「雨、やまないみたいね。赤羽の駅まで送っていくわ」

交番につき出されることまで覚悟していたぼくとしては、これ以上の期待は、分不相応だ。土手で眠らなかったのも幸運だし、雨が降りだしたのも、山口明夜が傘を一本しか持っていないことも、ぼくの人生では起死回生の幸運だった。赤羽に来た理由は言葉に出せなかったにしても、気合いぐらいは通じたろう。送られる場所も岩淵から赤羽の駅に変わっていて、この幸運の反動がこないうちに、今日は素直に帰るべきだろう。

「次の仕事、早く見つかるといいな」と、腰をあげ、カーテンやベッドや壁の色を確認しながら、まだ残っているシャンプーの匂いを深く吸って、ぼくが言う。

「そのうち、適当にね」と、鼻を少し曲げただけで、山口明夜が答える。

「おれもしばらくしたら、またアルバイトを始める」

「アマゾンって、面白い?」

「蚊と蟻とピラニアがたくさんいる」

「沖縄も暑いでしょうね」

「アマゾンほどではないだろうけど、どうして」

「べつに、なんとなく、どうかなと思っただけ」

山口明夜がゴムサンダルをつっかけ、ぼくのほうはスニーカーに足を入れて、狭い沓脱から、押し合うように外へ出る。雨は小降りになっていたが、手摺にはねるしぶきの強さは変わらず、時間のせいか、空の色もうんざりするほどの黒さに変わっている。小学校の前には出迎えのクルマが並び、駅の方角からは大型車のエンジン音と、遠いクラクションの音が聞こえてくる。眠くて興奮してぼんやりしていて、この気分をひと言でいったら、「早く自分のベッドにもぐり込みたい」になってしまう。平凡な眠りがやって来るはずはなくても、幸せであることが不安であるという今の精神状態を、ぼくは、他人に、打ち明けたくはない。

アマゾンはアンデス山脈とギアナ高地とブラジル楯状地に囲まれていて、流域面積は日本の十八倍……

ビニールの傘を山口明夜の上に開きながら、雨に気恥ずかしいウインクを送り、頭のなかで、ぼくは、独りごとを言う。

4

熟睡できる状況でもないはずなのに、前の晩からぼくは、十時間も眠ってしまった。雨はあがっていて湿度も低く、競馬場の方向からはカラスの声が聞こえてくる。駅の西口は県庁所在地らしい都会になっていても、線路で区切られた東側は嬉しくなるほどの場末なのだ。クルマも自家用車か小型の運送車が通るぐらいで、それも朝の八時なんて時間では、せいぜい家の前を通学の自転車が走る程度。活気のなさに物足りなさを感じながら、この閑散とした環境が、意外にぼくは気に入っている。

パジャマにカーディガンを羽織って、下におりていくと、玄関ではグレーの背広を着た親父が靴ベラで黒いビジネスシューズをはき終えたところだった。気にしたこともなかったが、小谷さんに言われてみると、六十ちかいサラリーマンとしてはそこそこに、洒落者なのか。

「おう、シロウか、ご苦労だな」

なにがご苦労なのか、昨夜も親父が帰ってきたのは、ぼくがベッドへ入ってからだった。病院で会ったことを別にすれば、まともに顔を合わせるのは一週間ぶりだ。姉貴のこともあるし、小谷さんのこともあるし、親父なりにぼくの労をねぎらったつもりなのか。

「どうだ、今日は、忙しいか」

「みんなほどは忙しくないよ」

「たまには昼飯でも食わんか」

「どうして」

「どうして、ということもないが、たまにはそういうのも、いいだろう」

「たまには、ね」

「一時ごろ会社に来い。場所は分かるな」

「たぶん」

「受付で名前を言えば、分かるようにしておく。一時だ。それから、母さんには、内緒でな」

親父が咳払いをして玄関を出ていき、ぼくは半分呆れた気分で、眠気をふり払いながら居間へ入る。これまで親父から昼飯に誘われた記憶もないが、うっかり返事をしてしまったぼくも、考えてみれば迂闊《うかつ》だった。親父と二人だけで顔を合わせて、三十分も一時間も、なにを語り合えというのだ。それにお袋には内緒というところが、どうも気にくわない。ぼくの将来について説教をするのなら、正々堂々、家族全員の前でやればいいではないか。

洗い物をしていたお袋が台所でふり返り、腰をのばすように、セーターの肩をぼくのほうへまわしてくる。顔にはまだ化粧の気配はなく、膝下まである焦げ茶色のソックスは相変わらず、エスキモーブーツのようだ。

「早いじゃないの。洗濯物があったら、出しなさいね。コーヒー、飲む?」

ぼくはコーヒーの件と洗濯物の問題を、頭のなかで同時に処理し、コーヒーだけ頼んで、居間のガラス戸をあける。雨に濡れた塀と向かいの屋根の上に、うすい筋雲を浮かべた秋色の空がのぞいている。こんな天気のいい日に病院で寝ている姉貴も気の毒だが、アルバイトも決まらず、愚痴を言い合う家族もなく、あの殺風景なアパートで、山口明夜は、どんな朝を迎えているのだろう。

ガラス戸を閉める気にならず、足先の冷たさを我慢しながら、ぼくは朝日の射す廊下に腰をおろして、色の濃くなった柿の実を眺める。ぼくが生まれたとき、住んでいた公団住宅の窓から赤い実をつけた柿の木が見えていて、それで親父がつい、柿郎と名づけたのだという。春なら梅男《うめお》か木瓜男《ぼけお》になっていたのだから、名前のことだけは一応ぼくも、幸運だった。

お袋がモーニングカップでコーヒーを運んできて、直接手わたし、ガラス戸の端に手をかけながら、大きくくしゃみをする。

「喜衣の我儘にも困ったものだわ。病院で黒いネグリジェなんか着て、どうするつもりなのかしら」

念を押されなくても、その感想は昨夜も聞いている。お袋は自分の都合で、なん度でも同じ意見を言う。体調が悪くない限り、ぼくも黙って相槌をうつ。抵抗したって意味はないし、相槌をうつことがぼくにできる、唯一の親孝行なのだ。

「それに呆れたけど、喜衣の飲んだ睡眠薬、今流行《はやり》のあれなんですって」

「ハルシオン、だろう」

「お医者が言ってたわよ。あのお薬ね、お茶碗に一杯ぐらい飲んでも、まず死なないらしいわ」

「そのお陰で助かったんだから、いいじゃないか」

「だってシロウ、人騒がせにも程があるでしょう。わたしたちがどれぐらい心配するか、あの子には分かってないのよ」

「姉さんの精神状態が、不安定だったことは、確かさ」

「どうかしらねえ。睡眠薬のことは分かっていて、わざとやったのかも知れない。喜衣にはそういうところがあるのよ。見栄っぱりで我儘で、世の中が自分を中心にまわらないと、気が済まない性格なの」

いくら自分の娘でも、自殺を図った相手に、そこまでの非難は過酷すぎないか。

「困ったものよねえ。ふつうなら結婚して、子供ぐらいできていい歳なのに」と、ぼくのうしろに離れて座り、小皺の散った目尻で庭の日射しを見あげながら、お袋が言う。「喜衣ったらね、高橋という人のこと、どうしても言おうとしないのよ。頭が混乱して手が勝手に動いたなんて、そんなこと、あるはずないでしょう」

「姉さんがそう言うなら、そうじゃないのかな」

「森海生とシロウの名前は本物なのよ。高橋という人だけどうして、架空の人物なの」

「混乱していた証拠さ。現実と幻想が入り交じって、姉さん自身では、収拾がつかなかった」

「信じられないわね。あの子、ぜったい隠してると思うわ」

「姉さんにだって、母さんや父さんに言えないことは、あるさ」

「喜衣のことをぜんぶ知りたいとは思わないの。でも今回は特別でしょう。これだけの騒ぎになったわけだし、喜衣のことだから、また似たようなことを仕出かすわ。あの子ったら、一度や二度では、まるで懲りない性格なんだから」

姉貴が懲りない性格であることぐらい、お袋に言われなくても分かっている。今度の入院で高橋さんとのトラブルが解決するはずがないことにも、予想はつく。だからといって親父とお袋とぼくと、集団で高橋さんに交渉なんかしたら、姉貴は本当に自殺してしまう。

「ああ、尉鶲《じょうびたき》が来ている」

「なんですって？」

「木斛《もっこく》の木に腹の朱《あか》い鳥がいるだろう」

「どこよ」

「山茶花《さざんか》と柿の木の中間」

「あの雀みたいな鳥？」

「雀の仲間だから、雀みたいではあるけどね。あの鳥が来ると冬が近いんだ」

「十一月だもの、鳥なんか来なくても、冬は近いわよ」

「母さん、哲学的だな」

「シロウこそ、なにを寝ぼけたことを言ってるの。風流にひたる歳ではないでしょう。この忙しいときに、もっと真剣に家族のことを考えてちょうだい」

お袋がエプロンに両手をそろえて、反動と一緒に立ちあがり、自分で肩を揉みながら台所へ戻っていく。姉貴の懲りない性格はお袋にも似ている部分があって、だからこそその似ている部分が、気にくわないのか。

「ねえシロウ、本当に洗濯物、ないのね」と、風呂場へ向かう途中で柱の陰から顔を出し、腰をのばして、お袋が言う。

「昨夜、ちゃんと着がえた」

「シーツとか枕カバーは？」

「まだいい」

「自分のことは自分でしなさいね。母さんはあなたの洗濯係ではないし、この家の小間使いでもないんだから」

「迷惑をかけないように、努力はしているよ」

「いつまでも学生気分が抜けないのよねえ。朝ご飯が済んだら、病院へも行ってちょうだい」

「なんのこと」

「喜衣の病院よ。雑誌とか黒いネグリジェとか、荷物がたくさんあるの。あの子ったら、温泉にでも行ってるつもりなのよ」

「それがぼくの学生気分と、どう関係があるの」

「ついでに言ってみただけよ。とにかくわたしは忙しいし、喜衣の我儘につき合ってる暇はないの。支度をしておくから、あとであなたが病院へ届けてちょうだい」

お袋が床をきしませて顔をひっ込め、なにかぼくは疲れてしまって、コーヒーを口に運びながら、庭の柿の木に向かって、音の出ない口笛を吹く。木斛にとまっていた尉鶲は姿を消していたが、遠くの電線にはもう雀が集まっている。風もなく、日射しも穏やかで、門も塀も庭木も雨の色に気持ちよく湿っている。いつまでも抜けない眠気が風景のなかから、一切の雑音を遮断する。面倒なことを考える気分にはならず、面倒な行動をしたい気分でもない。山口明夜と知り合い、加えて赤羽駅での別れぎわに、電話番号まで聞いたのだ。それら一連の快挙だけで、本当なら一週間でも二週間でも、ぼくはひたすら、無為に生きていける。

コーヒーを飲みほしてから、台所へ行き、トーストを焼いて、冷めた味噌汁と目玉焼きで朝食を済ませる。姉貴のヒステリーでも伝染《うつ》ったのか、ぼくの知らないところでぼくの人生が、へんに忙しくなっている。カメラを担いで街をぶらついていた日が、もう一年も前のことのような、ずいぶん遠い記憶になっている。

*

忘れていたフィルムを駅前のフォトスタジオに出し、渋谷の開生会病院へついたのは、午前の十一時だった。待合室には外来の患者が玄関ロビーにまであふれ、診察室へ向かう廊下を看護婦やつき添い婦が、肩で風を切っていく。病院の待合室にこれほどの活気があるという事実に、多少ぼくはうんざりする。

三階の病室へあがっていくと、ドアからちょうど男の人が出てきて、すれちがいながらぼくたちは廊下で、なんとなく会釈をする。ダブルのソフトスーツに品のいいネクタイをしめ、長めの髪はセットでもしたように、きっちりと耳のうしろへ流している。高橋さんかな、とは思ったが、年齢的にはまだ、三十代のなかばだった。

「やあ。元気そうで、よかった」と、姉貴が元気であることぐらい承知しながら、うしろ手にドアを閉めて、ぼくが言う。「荷物をもってきた。雑誌とかネグリジェとか、ほかにもなにか入っている」

姉貴はウールのガウン姿でベッドに躰を起こし、それが入院患者の定番なのか、ひとつに束ねた髪をゆるく左の肩に垂らしている。それでも化粧だけは見事に施されていて、どこまで自分のおかれた状況を把握しているのか、少しぼくは、疑問になる。

「母さんも気がきかないわよねえ。わたしのネグリジェぐらい、最初からもってくればよかったのよ」

「娘が自殺をはかるなんて、滅多にはないもの」

返事を待たずに、ぼくは空いているベッドに紙袋を置き、丸椅子をひき出して腰をおろす。サイドテーブルに赤い薔薇が絶句するほど飾られていることには、病室へ入ったときから、もちろん気づいている。自殺未遂患者の病室としては少しばかり常軌を逸した光景で、親父やお袋がそんな心遣いをするはずもないから、これがいわゆる、業界の仁義というやつか。

「躰の具合、どう?」

「二日もお酒を抜いたのよ。調子がよすぎて物足りないぐらい。覚悟はしてたけど、病院ってやっぱり退屈だわ」

「問題は心の傷さ。姉さん、見かけより、繊細だもの」

「そうでしょう? 常識があればそれぐらい、分かるでしょう。今度こそ会社の連中も思い知るわ。わたしは雑誌をつくるロボットではないの。恋にも悩むし体調もくずす。繊細で内気で傷つきやすい、ふつうの女の子なのよ」

コメントできるはずもなく、ぼくは欠伸を我慢して、ゴムタイルの床に、そっとスニーカーの踵を滑らせる。

「さっき、部屋を出ていった人……」

「ああ、森海生ね」

「あの人が、森さんか」

「誤解していたわ。彼って思っていたよりフェミニストなの。すごいでしょう、この薔薇」

「ああ、この薔薇、ね」

「やることがお洒落よねえ。ふつうなら花だけなのに、ちゃんと花瓶まで用意してきたの。そういう気の遣い方が素人とは、ちがうところなのよ」

「連絡したのは、森さんだけ？」

「森さんだけって？」

「だから、例の、さ」

姉貴が軽く視線をはずし、ガウンの襟をととのえながら、左肩の髪に、ゆっくりと右手をもっていく。

「連絡なんかしないわよ。森海生は編集長から聞き出したの。連載の打合せがあるし、彼、わたし以外の編集者とは仕事をしないと言うの。ぼんやり入院していても暇だから、こっちもちょうどよかったわ」

「医者は、静養が必要だと言ったろう」

「ボーナスのこともあるの。過労で倒れながらも仕事は健気につづけるという、そういうパフォーマンスも必要なのよ」

「警察の事情聴取は？」

「表面的なことを聞いていっただけよ。わたしの繊細な心理が、あんな連中に分かるはずないわ。向こうにしてみれば、ただの手続きなんだから」

「うまく解決しそうで、よかった」

「それよりね、困ったのはここの医者のこと」と、束ねた髪を指先で弄びながら、枝毛でも探すような目で、姉貴が言う。「一週間、毎日カウンセリングをやると言うの。外出も禁止。携帯電話もとりあげちゃって、そんなの、人権侵害よねえ」

「病院としても立場はあるさ。姉さんだって、風邪をこじらせたわけではないし」

開きかけた口を、姉貴が眉を寄せて元に戻し、肩をすくめてから、ベッドをおりて紙袋のほうへ歩く。一週間の携帯電話禁止は気の毒だが、それでこの騒動の責任がとれるなら、姉貴としても辛うじて納得のいく結果、ということだろう。警察を丸め込んだり息を飲むほどの花束を贈られたり、血のつながった姉弟だというのに、ぼくとのこの才能の差は、だれの責任なのか。

「あ、母さん、また忘れてるわ」

紙袋からとり出したビニールポーチを開き、中身をベッドの上にふり出して、姉貴が鼻を鳴らす。

「シロウに似て、母さんって、ほーんと集中力が足りないんだから」

「なんのことさ」

「クレンジングクリーム。忘れないようにって、ちゃんと言っておいたのに」

「病院の売店でも売ってるよ」

「ドクダミエキス入りの特別なやつなのよ。ほかのクリームとは次の日、お化粧のりがちがうの」

「姉さん、温泉に来ているわけでは、ないよ」

「偉そうに言わないでよ。男のあんたには分からないの。こういうふうに気が滅入ってるときだからこそ、お化粧をぴったり決めたいのよ」

「化粧なんかしなくても、姉さんは、じゅうぶん奇麗だ」

「そんなことは分かってるわよ。これは心構えの問題なの。さっきみたいに、森海生の例だってあるでしょう。いつだれがお見舞いに来てもいいように、緊張感を持続させておきたいのよ」

「なあ、姉さん……」と、思わず椅子を立ち、ベッドのあいだを枕元のほうへ歩いて、ぼくが言う。「緊張なんか持続させたら、静養にならないよ。なにも考えないでのんびりするって、昨日は、そう言ったろう」

姉貴が目の端をつりあげ、自分のベッドへ戻ってから、ゴムタイルの床に、ぺたんとスリッパを鳴らす。

「シロウも母さんも医者も、わたしの気持ちをまるで分かろうとしない。あんた、今度のこと、狂言だとでも思ってるわけ？」

「分かってないのは、姉さんのほうさ」

「わたしのどこが、どういうふうに分かってないのよ」

「お袋がなにを言おうと、医者がどう診断しようと、ぼくは姉さんを信じている。だから高橋さんのことだって、だれにも、一言も言わなかった」

姉貴のつりあがっていた目が、正常な位置に戻り、部屋中の光を吸い込むように、黒目の部分が微妙に動揺する。ほかの男ならこの目つきで素直に陥落するのだろうが、ぼくの二十二年間のキャリアは、それほど、甘くない。ここで下手な同情を示したら、姉貴の要求は倍になって返ってくるのだ。高橋さんの問題を蒸し返しても、どうせ姉貴の気持ちは変わらない。それにぼくだって無理やり、そんな面倒には係わりたくない。

「ほかに用もあるし、姉さん、今日は帰るよ」

「もうすぐお昼食《ひる》じゃない。一緒に食べていったら？」

「姉さんの元気な顔が見られれば、それでいい」

「薄情な男ねえ。わたしもシロウの気持ち、少しは分かりかけてきたのに」

「ぼくの、どういう気持ち？」

「あんたみたいに暇で無意味な人生も、本人はけっこう、辛いんだろうなって」

尻で病室の壁を蹴り、ベッドから離れて、ぼくが言う。

「クレンジングクリームのことは、お袋に言っておく」

「クルマのエンジン、一度ぐらいはかけておいて」

「ぼくに言っても、無理だ」

「エンジンぐらいかけられるでしょう。乗りまわせ、とは言ってないわ」

「父さんに頼んでみるよ。エンジンをかけるだけなら、夜中だっていいわけだしさ」

姉貴が呆れたような顔でベッドの上に膝を立て、まとめた髪を掌に包みながら、肩で小さく息をつく。その赤い唇と、姉貴の赤いクルマと赤い薔薇が重なって、病室全体の空気が一瞬、まっ赤に染まってしまう。病院のベッドよりも、あの赤いコンバーチブルのシートでセミロングの髪をなびかせる姉貴のほうが、ぼくのイメージではやはり、納得がいく。

ベッドに躰を倒した姉貴に、ぼくは横向きに手をふり、ドアノブを押して、病室を出る。階段に向かって歩き出したときも、目の奥にはサイドテーブルにのっていた、あの息苦しいほどの赤い薔薇が残っていた。森海生という人もかなりのセンスだが、マスコミで仕事をするにはそれぐらいのスタンドプレーも、芸の内なのだろう。

薔薇の花を抱えて山口明夜の部屋を訪ねる自分の姿を空想して、ぼくは足が震え、それからじわりと、躰中の血管が熱くなる。

＊

本社勤めのあいだも子会社に移ってからも、ぼくが親父を会社に訪ねたことはない。親父はもともと技術系の人間で、入社したのは家電メーカーの技術部門だった。十年ほど前、浄水器をつくる子会社に新製品の開発責任者として出向した。今は企画開発部の部長で、本社に戻りそうにもないから、このまま定年まで子会社に残されるのだろう。仕事に関する知識はその程度なのに、電話番号を覚えていたり、会社の入っているビルを虎ノ門の『第三林ビル』と記憶しているのは、さすがに親子の絆だ。姉貴のほうはたまに食事ぐらいはしているらしいが、それもぼくが勝手に思うだけで、事実としては聞いていない。姉貴はどこにでも派手に顔を出す性格だし、親父にしてもぼくを相手にするよりは、姉貴のほうが精神衛生上好ましいのだろう。フロイト流に父子間の相剋と判断してもいいが、もっとふつうに、ぼくはただの相性だと思っている。親父との食事や酒に経験はなくても、もちろんそれで困ったことなんか、一度もない。

地下鉄の虎ノ門駅から桜田通りを少し東京タワーの方向へ歩き、バイクをとめている郵便屋に教えてもらった第三林ビルは、思っていたより華麗な、広いロビーのある背の高い建物だった。親父の『アルファ精機』は四階と五階の二フロアを占めていて、受付の表示がある四階まで、小型のエレベータであがっていく。浦和からなら京浜東北線を新橋で乗りかえればいいわけで、通勤時間としては一時間もかからない。

エレベータをおりた正面には、木の衝立《ついたて》を置いたかんたんな受付があり、愛想よく微笑んでくれた女の人に、ぼくも無理やりの笑顔を送り返す。初めて訪ねてきた倅《せがれ》が見るからにネクラなオタクっぽい青年だったら、親父の社内的な立場に、いい影響はない。

しばらくして、親父が廊下の奥から姿をあらわし、ぼくに社内見学をさせるつもりはないらしく、会釈をしただけですぐに下のロビーへ連れていく。家で見るより威厳を感じるのは、本人の能力ではなく、建物や受付嬢や絨毯を敷いた廊下のせいだろう。

桜田通りを二百メートルほど麻布側へ歩き、ぼくらが入ったのは、通りに面したビルの一階にある、ちょっと昼飯を食べる、というには高級すぎる感じの中華レストランだった。親父も毎日こんなところで食事をしているわけではないだろうが、初めて息子を呼びだしたことでもあるし、見栄をはってみた、ということか。

点心のコースとビールを注文してから、おしぼりで顔をぬぐい、とり出したタバコに火をつけて、親父が低く咳払いをする。向かい合った椅子に座ってはみても、躰の角度はそれぞれ、別の方向だった。

「喜衣の病院へは、寄ってくれたのか」と、やって来たビールを二つのグラスに注ぎ、ひとつを目でぼくにすすめて、親父が言う。

「元気だった。入院しているあいだも、仕事をすると言ってた」

「人生には緩急が必要だという理屈が、どうも喜衣には分かってない。退院したら一度、ゆっくり言い聞かせてみるか」

「姉さんみたいなエネルギーも、ある意味、羨ましいけどね」

「男と女ではエネルギーの質がちがうんだ。女というのは生物学的に、死ぬまで疲れんようにできている。カマキリの雌は交尾の最中に、雄を食い殺すというだろう。考えてみれば、なんだな、人間の世界も理屈は、同じかも知れんなあ」

なにを言いたいのか知らないが、生物学と哲学をごちゃ混ぜにしても仕方ないわけで、女の人が生まれつき疲れない体質だというなら、親父が姉貴に人生を言い聞かせても意味はない。浄水器の開発にとり組みながら、まさか親父も毎日、そんな悠長なことは考えていないだろうに。

料理が出はじめて、親父が自分のグラスにビールを足し、半白の髪を撫でつけながら、慣れた手つきで象牙の箸を使いはじめる。臙脂《えんじ》系のネクタイもグレーの背広に似合っているし、髪にもポマードのような油っこい臭いはない。子供のころの記憶では黒縁の眼鏡をかけていた気はするが、それが今は縁なしの、レンズの小さい洒落たものに代わっている。服装や髪型は姉貴がやかましく指導するから、ファッションに関してはその成果なのだろう。

「で、シロウ、おまえのほうはどうだ。相変わらずカメラは、やっているのか」

いよいよ来たな、とは思ったが、ここまできて回避するわけにもいかず、ぼくはグラスのビールを飲みほして、「うん」とうなずく。

「一人前になるには、ああいう世界も大変だろう。プロダクションに入るとか、プロのカメラマンに弟子入りするとか、考えているのか」

「考えては、いるよ」

「あては？」

「不景気でさ。なかなか、思うような仕事が見つからない」

「景気の問題ではないだろう。問題は意思じゃないのか。シロウが本気でその道にすすむつもりなら、父さんだってコネがないわけではない」

「そういうのは、ちょっと、さ」

「ちょっと、なんだ？」

「コネとか縁故とか、そういうのは、好きじゃないんだ」

「現実は直視せにゃならん。世の中は縦とか横とか斜めとか、すべて人間同士の繋《つな》がりでできてるんだ。それがいやなら仙人か浮浪者になるしか、生きていく方法はない」

「なにかが、なんとなく、割り切れなくて」

「それでも時間はすぎていく。なあ、みんな割り切れないまま社会に出て、悩んだり挫折したり、そういうことをくり返して大人になるんだ。世間は、シロウだけを特別扱いにはしてくれんぞ」

「分かってはいるけど、時間が、ね」

「もうしばらく時間がほしい、ということか」

「結論は出る気がする。最近、そういう予感がするんだ。同じ働き蜂でもよく観察すると、微妙に個性があるわけだし、人間なら余計に個体差が増幅される。父さんの言うことは分かるけど、ぼく自身の結論が出るまで、もうしばらく、時間がほしい」

蜂のたとえで煙に巻かれたのか、親父が眼鏡の向こうで瞬きをし、焼売《シューマイ》に辛子をのせて、むっつりと口にほうり込む。ぼくにしても話題から逃げようとしたわけではなく、結論が出そうな予感も、それが目の前に迫っている実感も、素直な本心なのだ。

「なあ、シロウ、話は変わるが……」と、象牙の箸を下に置き、おしぼりでまた額の脂をぬぐって、親父が言う。「おまえ、彼女のアパートへ、行ったんだってな」

口のなかに入っていた春巻が、食道の途中にひっかかって、むせてきた息と一緒に、ぼくは危うく、窒息しそうになる。

「父さん、なんで知ってるのさ」

「おまえのすることぐらいは、お見通しだ」

「彼女と、いつ、知り合ったのさ」

「入社したときから知ってる。それがどうした」

「それは……」

思わず混乱したが、親父のいう「彼女」が山口明夜ではなく、小谷さんであることぐらい、本当なら最初から、覚悟しておくべきなのだ。お袋が喋るはずもないから、親父にぼくの訪問を告げたのは、小谷さん本人だろう。

「行きたくは、なかったけど」と、春巻が胃の底におさまるのを待ってから、ビールに口をつけて、ぼくが言う。「今は家庭の平和が、なぜか、ぼくの肩にかかってるらしい」

「事情が分かっていれば話は早い。つまり、なんだな、要するに、そういうことだ」

「要するに、なに？」

「だから、要するに、そういうことだ。彼女に会ったのなら、想像はつくだろう」

「ぼくは手紙の内容を、確かめにいっただけだよ。誤解がなくなれば、それでよかった」

あの夜の几帳面に整理されたアパートの部屋と、小谷さんに感じた違和感が、遠くのほうからあいまいによみがえる。約束はしなかったが、それでも小谷さんは、「親父には喋らない」と、意思表示をしたのではなかったか。

「シロウ、遠慮は要らないんだぞ」

「遠慮なんか、してないよ」

「それじゃ彼女は、シロウにどういう話をした？」

「手紙は悪戯か冗談だって、それだけさ」

「悪戯か冗談、なあ。悪戯にはちがいないんだろうが、しかしなんとも、面倒なことになったもんだ」

親父が鼻を鳴らしてタバコに火をつけ、眼鏡を上にずらしながら、少しのあいだ、黙ってこめかみを押さえつづける。ぼくのほうはへんに口のなかが苦くなって、ぬるいウーロン茶で必死に、口の渇きを我慢する。いい予感なんか当たったこともないのに、悪い予感だけは、いつもうんざりするほど的中する。

「いつかは分かることなんだが、実は、なあ、あの手紙、彼女が自分で書いたんだ」

「ああ、そう」

「あそこまでやるとは、父さんも思わなかった。自業自得ではあるが、なんともはや、困ったもんだな」

親父の言葉は聞こえていて、言っている内容も理解できている。しかしその状況に、いつまで待っても、言葉以上の実感がわいてこない。素直に受けとれば、親父は手紙の内容が事実であり、それを書いたのは小谷さん自身だ、と言っているのだ。なにがどこでどう交錯しているのか、だれかの勘違いなのか。小谷さんはあの日、この件に関して、軽く否定してみせたではないか。

「ねえ、父さん……」と、湯呑を掌のなかに入れたまま、親父の顔を遠くに見て、ぼくが言う。

「つまり、父さんと小谷さんは、そういう関係だ、ということ?」

「まあ、なんだな、つまりは、そういうことだ」

「それは、まずいよ」

「まずくなければシロウなんかに、相談はしない」

「そういうことは、姉さんの専門だ」

「喜衣には相談しようと思っていた。そうしたら、先に自殺をはかられた。まさか病院でこの話をするわけにも、いかんだろう」

「だけど小谷さんは、迷惑をかけないと言った。母さんにも、心配しないようにって」

「そこが彼女の面倒なところだ。本心ではなにを考えているのか、ひと息、摑みきれん。母さんにあの手紙を見せられたときには、正直言って、生きた心地がしなかった」

「手紙を見て、すぐ小谷さんの字だと?」

「仕事でもプライベートでも、彼女の字はよく知っている」

「小谷さんも、認めた?」

「自分からそう言ったんだ。俺に早く結論を出せと、そういう意味らしい」

「結論……」

「よくある、まあ、あれだな。女房子供と別れて、自分と一緒になれという、そういうことだ。ぐずぐず結論をのばせば、家にまで押しかけてくるかも知れん。言いたくはないが、喜衣のこともあるし、こいつはちょっとした、地獄絵というやつだな」

本人が自分で言うのだから、そんなことになったら、たしかに地獄絵にはちがいない。不倫の果てに自殺をはかった姉貴といい、たった四人の家族で、よくもここまでのトラブルを抱え込めたものだ。これでお袋がカルチャーセンターの講師と駆け落ちでもすれば、宣伝なんかしなくても、テレビのワイドショーが取材にくる。

「父さん、やっぱり、まずいよ」

「家庭にはもち込まないようにと、気をつけてはいたんだ。それが仕事が忙しくて、つい彼女から目を離してしまった。父さんだってふつうの男だ。若くて奇麗な女性がそばにいれば、気持ちが動く。おまえの得意な鳥や昆虫は、浮気をしないのか」

「鴛鴦《おしどり》の雄でも浮気はするけどね。学者が雛《ひな》の遺伝子を調べてみたら、みんな浮気をしていた」

「動物でも人間でも、雄というのは、そういうふうにできてるんだろうなあ。父さんもいいことをしているとは思わんが、遺伝子の命令には、逆らえんということだ」

「文化は、遺伝子に逆らってきたことの、歴史なんだけどね」

お袋の太い足にはかれているソックスや、疲れた目蓋や艶のない手の甲が、重苦しく頭のなかを通過する。小谷さんの肉感的なふくらはぎや首をかしげた横顔も、影絵のように重なってくる。

「父さん、それで、どうするつもりなの」

「彼女の希望を、はいそうですか、と受け入れるわけにも、なあ？」

「だったら小谷さんとは、別れる？」

「かんたんに別れられれば、苦労はせんさ。彼女とこういうことになったのは、一応父さんの責任だ」

「それなら小谷さんが希望するように、女房や子供と別れるしか、仕方ないね」

親父がタバコの煙を吐き、眼鏡の向こうから、ちらっと、蔑むように、ぼくの顔を見おろす。

「無茶なことを言うな。今さら家庭を崩壊させて、どうなる。父さんの立場からしたって、つまらん騒ぎは起こせんだろう」

「小谷さんにも母さんにも、つまらない騒ぎでは、ないさ」

「言葉のあやというやつだ。彼女にも母さんにも責任は感じてる。しかしどちらか一方を選べば、どちらかが傷つく。父さんとしてはだれも傷つけずに、平和に穏便に、なんとかこの場をおさめたい。それが晴川の家にとっても彼女にとっても、最善の選択だと思う」

六十年近い人生経験で、親父の弁舌にも、意味不明な説得力はある。しかし言葉はどうであれ、問題は「最善の選択」の実現だろう。ぼくだってだれかに傷ついてもらいたいとは思わないし、そのだれかがお袋であっても小谷さんであっても、いい気持ちはしない。それに親父は忘れているが、家族の一員ということなら、ぼくだって当事者の一人なのだ。

「だれも傷つけないように、なんて、話がうますぎる気がするな」と、小皿を遠くに押し、頭のなかで深くため息をつきながら、ぼくが言う。

「結論は見えてるんだ。自分がどうしなくてはならないかも、分かっている。シロウだって今、時間がほしいと言ったろう」

「ぼくのこととは、問題がちがうよ」

「もう少し時間がほしいのは、同じだ。彼女との関係は一年もつづいている。それを明日から、こちらの都合で一方的に解消するというのも、人間として立派な行為とはいえん」

「現状維持で、誤魔化すの」

「そうではないんだ。問題を解決するよう、前向きに、積極的に努力は重ねる。それにしても今日や明日に結論の出る問題ではないから、そのあたりで極力、おまえにも、協力してもらいたい」

「ぼくに、なんだって」

「協力だ」

「なんの」

「シロウにだって家庭の平和に、貢献する義務がある」

「それは、そうは、思うけど」

「父さんも精一杯の努力をする。母さんにも、余計な心配はかけたくない。だからもし、また彼女が手紙や電話でなにか言ってきたとき、そのあたりをだな、なんというか、シロウにうまく処理してもらいたい。今度の問題が穏便に済むかどうかは、おまえの努力如何《いかん》にかかっている」

「そんな、どうしてぼくが……」

「長いあいだとはいわんさ。彼女が納得するような、なにか妥協点が見つかるまでだ。母さんに知れて話がこじれれば、父さんやおまえの努力が、無駄になってしまう。母さんのためにも、彼女のためにも、それから家族全員のためにも、なあ、ここはなんとか、おまえに頑張ってもらいたい」

親父が残っていたビールを飲みほし、タバコに火をつけなおして、その煙を長く吹く。言われなくても、ぼくだって家庭の平和ぐらい考えているし、お袋に無用の心配もかけたくはない。しかし親父の描いた筋書きどおり、こういう問題がそううまく、おさまってくれるものなのか。今度の手紙といい、会ったときの印象といい、小谷さんにはなにか、面倒な雰囲気が漂っている。親父は長いあいだではないと言うが、お袋に知られないまま、この状態をいつまで保ちつづけられるのか。仮に持ちこたえたとして、思惑どおりに解決したとして、その結果、だれが幸せになるのだろう。

「そういうことでな、とにかく当面、今度の問題では共同戦線といこうじゃないか」と、忙《せわ》しなくタバコをつぶし、ひとつ呼吸をおいてから、無理やりつくったような冷静な声で、親父が言う。

「シロウ、もう一本、ビールでもどうだ」

「ビールでも老酒《ラオチュウ》でも、なんでも飲むよ」

「そのうち時間があったら、夜に一杯やろうじゃないか。ここの勘定は済ませておく。今日はこれから打合せがあるんだ。おまえはビールでも飲んで、ゆっくりしていくといい」

「父さん」

「なんだ」

「母さんのこと、愛しているの」

「あ、ええと、そりゃあ、愛している」

「本当に？」

「そうでなければ、三十年も暮らしたりはせん」

「小谷さんのことは？」

「話を蒸し返すな。人間には間違いもあるし、ジレンマもある。シロウにだってそれぐらいは、理解できるだろう」

親父がタバコをポケットに戻してネクタイの結び目をなおし、乾いた咳払いをして、ぼくの顔を見おろす。ぼくのほうはなにひとつ納得できていないのに、親父のほうにだけ結論が出てしまったのは、どういう展開なのだ。

「シロウ、なにか困ったことがあったら、遠慮なく言っていいんだぞ」

「姉さんのクルマ、エンジンをかけるようにって」

「入院してまで、まったく、面倒なことを言うやつだ。おまえも暇なんだから、運転免許ぐらいとったらどうだ」

「そのうち、ね」

「いざというとき頼りになるのは、やっぱり倅だな。そういうことで、母さんのほう、とにかくうまく頼む。ビールは一本でいいか」

「うん」

「喜衣のことも適当にな。なにしろ今、浄水器の新プロジェクトで、手が放せん状態なんだ」

上着のボタンをかけながら、眼鏡を光らせ、あとは会社で見たときと同じように、親父が颯爽と歩き出す。ぼくは呼びとめる気にもならず、椅子の背に躰をあずけて、テーブルの下で強く絨毯を踏みつける。親子とか姉弟とか、血のつながりを別にすれば、高橋さんのことも小谷さんのことも、本来ぼくには、なんの関係もないことなのだ。

やって来たビールを、ぼくはたっぷりグラスに注ぎ、肩の反動と一緒に、えいっと胃に放り込む。隠れていた食欲が憤然と戻ってきて、店を借り切って宴会でも開きたい気分だ。親父も勝手だし、お袋も姉貴も勝手だし、それに高橋さんや小谷さんだって、へんに勝手ではないか。人を好きになったり嫌いになったり、つき合ったり別れたり、なにをしてくれても構わないが、そういうことは自分たちだけで、粛々とやってほしい。

「どうでもいいけど……」

声に出して山口明夜の口調をまねながら、焼売《シューマイ》と餃子をまとめて箸につき刺し、テーブルに深く肘をかけて、意識的に、ぼくは大きく欠伸をする。どうでもいいことではあるが、こんな面倒なときにまで、なぜぼくは、山口明夜を思い出すのだろう。

＊

乃木坂から青山墓地のまんなかを抜け、そのまま行くと道はゆるいカーブで四十五度に曲がっていく。鉤型の変則的な十字路で、左へ曲がると根津美術館があり、道なりに曲がれば表参道の交差点に出る。酔いを冷ますだけの目的で歩くぼくの神経を、渋滞するクルマと都会の喧騒がしつこく迫害する。地下鉄に乗れば十分で来るものを、虎ノ門からここまで、一時間も歩いていた。客観的には自棄《やけ》を起こしている精神状態で、主観的にも、ぼくはじゅうぶん自棄を起こしていた。

そうでなければ排気ガスだらけの通りを一時間も歩いて、高橋さんに会おうなどと、思うはずはない。

カーブに沿ったマンションの前を右に曲がり、小学校やレストランやモーターギャラリーを通り越して、二十分で表参道の交差点に出る。電話帳を見れば神宮前の『フレンチウエスタン』ぐらい調べられるだろうが、交番の前に、ちょうど暇そうなおマワリさんが立っていた。会社に訪ねて高橋さんがいるかどうか。たとえいなくても、抗議の意思表示ぐらいにはなるだろう。

おマワリさんに教えてもらった『フレンチウエスタン』は、交差点を五十メートルほど原宿方向に歩いて、毛皮店と雑居ビルのあいだを左に入っていった路地の途中にあった。五階建ての間口の狭い自社ビルで、外装は目がさめるほど白くぬられ、駐車場に通じる鉄扉や基礎石の色には、外観以上の年季が感じられる。高橋さんも二代目だというから、規模はともかく、個人企業から無理やり発展したアパレルメーカーなのだろう。

入っていくと、受付らしい部署はなく、一階のつきあたりが広い事務室になっていた。目隠しに置かれた手前のカウンターには『受付』と書かれたプラスチックの札がかかり、女の人はみな私服で、男の人もへんな色のワイシャツ姿だった。

もう酔いは冷めていて、自分の行動を一瞬不可解に思ったが、考えてみれば姉貴も高橋さんも、全員が不可解なのだ。ぼくは近くにいた女の人に、「晴川喜衣の弟」と名乗ってとり次ぎを頼んでみた。女の人が社内電話をかけ、短い応答のあと、エレベータを指さして、直接五階まであがっていくように、と教えてくれた。ぼくは礼を言って事務所を通りすぎ、わきの下のいやな汗を感じながら、狭くて古いエレベータで五階へあがった。ここまで無茶な行動に出たのは、ビールのせいではなく、親父が持ち込んだトラブルのせいだ。気がついたらぼくのまわりはトラブルの大安売りで、状況整理のためには無茶でもなんでも、ここは行動に出る必要がある。

五階につき、『社長室』と『専務室』と札の出ている二つのドアを、しばらく見くらべてから、ぼくは覚悟を決めて『専務室』をノックした。なかに入ると部屋はベージュ色の壁紙にペルシャ風の絨毯が敷いてあって、ブラインド前のデスクには髪を刈りあげにした、四十ぐらいの男の人が座っていた。背広は茶系にストライプの入ったソフトスーツ、ペイズリー柄のクラシックなネクタイをしめ、鼈甲《べっこう》色の眼鏡をかけた鼻の下には、短くて濃い口髭を生やしている。その人が姉貴と不倫関係にある、最近奥さんに双子を生ませた専務の高橋さんであることは、聞かなくても分かる。

ぼくは軽く頭をさげ、すすめられるまま、革張りの応接ソファに、根性を入れて腰をおろした。高橋さんに対して特別な先入観はなかったが、渋谷あたりの不良が突然おじさんになったような、ぼくにはあまり縁のないタイプだ。

「ふーん、そう、君がカメラをやってる弟さんか。名前はシロウくんだっけね」

使っていた万年筆を上着の内ポケットにさし込み、向かいのソファに足を組んで、高橋さんが屈託なく笑う。気難しい人も苦手だが、こういうふうにフレンドリーだと、せっかくの闘争心が、つい萎縮する。不倫相手の弟が突然会社に訪ねてきたのだから、まさか就職活動だとは、思っていないだろうに。

「高橋さんのことは、姉からよくうかがっています」と、壁にかかっているゴッホの複製画を眺めながら、膝に掌を重ねて、ぼくが言う。

「僕も君のことはよく聞いているよ。高校も大学も中退した、変わった経歴なんだってね。機会があれば一度会いたいと思っていたんだ」

人づきあいのいい人らしく、ぼくの緊張は空まわりをしてしまって、どうも調子が出てくれない。そういえば小谷さんもぼくの病歴を知っていたから、自分の知らないところでぼくも、けっこう有名人なのか。

「姉から連絡は、入っていますか」

「ええっと、なんの連絡かな。この前会ったのは、たしか……」

「三日前の夜だと思います」

「三日前の夜ねえ。そういえば、そうだったかな」

「本当に、連絡は？」

「三日前に会ったばかりだもの。君も喜衣さんから聞いているだろうが、僕のほうには事情があってね。そう頻繁に会うわけには、いかないんだよ」

不倫でも浮気でも、ここまで軽く対処できれば、それなりに立派なものだ。姉貴のほうも相手に合わせて、軽くつき合っていればよかったのに。

「双子のお子さんが、生まれたそうですね」

「そんなことまで知ってるの、まいったなあ。そうか、それで喜衣さん、怒っているということか」

「かなり怒っています。怒って、姉は、自殺をはかりました」

高橋さんの口髭が、口と一緒に耳の方向にゆがみ、眼鏡がずり落ちてきて、頰の毛穴に気の毒なほどの動揺が浮かぶ。

「ああ、ええと、今、自殺をはかった、と言ったんだね」

「一昨日の夜、二週間ぶんの睡眠薬を飲みました」

「睡眠薬を、二週間ぶん？」

「命に別状はありません。でも遺書に高橋さんの名前を書いていたし、原因が二人のトラブルにあることも、分かっています」

「まいったなあ。君、それ、本当の話？」

「散歩の途中で世間話に寄るほど、ぼくも暇ではありません」

「いや、その、どう言うか、つまり、自殺までする感じはなかったのに……命が助かったのは不幸中の幸いとして、遺書に僕の名前を出したというのは、それは、うまくないよ」

遺書になんか名前を書かれて、もちろん都合は悪いだろうが、姉貴が死んでいたとしても高橋さんは、たぶん「うまくない」という感想しかもたないだろう。

「それにしてもまいった。君、このことは、だれが知っているんだね」

「家族と、姉の上司と、警察です」

「警察？　すると警察が、僕のところへも、事情を聞きにくるんだろうか」

「高橋さんのことは『錯乱』で押しとおしたそうです。父や母も本当のことは知りません。ぼくも、宣伝はしません」

高橋さんが息をとめて、苦しそうに唾を飲み、ネクタイをゆるめながら、咽仏を見せてソファの背に寄りかかる。

「そういうことだとすると、シロウくん、喜衣さんの命に別状はないし、僕にも問題は及ばないと、そういうことだね」と、とり出したハンカチで額の汗をふき、足を組みかえながら、高橋さんが言う。

「姉の心以外に、問題はないと思います」

「それは了解した。まさか自殺をはかるとは思わなかったが、生きていてくれたからこそ、善処もできるわけだ。で、喜衣さんは、どこの病院に?」

「渋谷の開生会病院です」

「意識は正常なんだね」

「入院中も、仕事をするそうですから」

「それはまた喜衣さんらしい。いや、早速、見舞いに行く必要があるな」

頬の緊張が消え、額の汗もうすくなって、高橋さんの忙しかった目の動きが、失礼なほど冷静になる。

「その前に、姉との関係をどうするか、決めてもらえませんか」と、ソファに座りなおし、わきの下の冷汗を空しく感じながら、ぼくが言う。

「そうか、そういうことか。うっかり見舞いにいったら、藪蛇《やぶへび》になるわけかな」

「高橋さんに決めてもらうしか、解決の方法はないと思います」

「しかしなあ、シロウくん、こういうことは僕が一方的に決めるわけにも、いかないだろう。少なくとも僕と喜衣さんの、二人の問題なんだから」

「高橋さんの奥さんや、お子さんまで含めた問題です」

「や、そこなんだなあ。それを言われると面目ない。喜衣さんはそのことに関して、君になにか、話してるかな」

「姉は高橋さんが離婚して、自分と一緒になると、信じていたそうです」

「僕もそのつもりではいるんだが、偶然、子供が生まれてしまってね。家内のほうと思うように話がすすまない。喜衣さんには理解してくれるように、話したはずなんだが」

聞いたような言い訳で、たいして腹も立たないのは、親父の件で免疫ができたせいだろう。

「自分では子供をおろしたのに、奥さんに双子では、姉も納得しないと思います」

「それはそうだ。喜衣さんの気持ちは分かる。なるほど、そう、彼女、以前に子供をおろしたことがあるの」

「知りませんでしたか」

「そこまでは知らないよ。喜衣さんにだって、言いにくいことはあるだろうし」

「高橋さんの子供ですけどね」

「僕の子供は……」

高橋さんの肩が、はじかれたように動き、ソファがへんな音にきしんで、困惑した視線が眼鏡の向こうから、啞然とぼくの顔にそそがれる。

「君、今、なんて言った？」

「姉は高橋さんの子供を、おろしました」

「いや、それは、なあ、シロウくん……」

不倫に励むならもう少し覚悟を決めればいいものを、親父も高橋さんも、いざとなるとどうして男はここまで、情けなくなるのだろう。

「君、いくらなんでも、その話はおかしいよ」と、ソファのなかで躰の位置をなおし、ズボンの折り目を指でなぞりながら、高橋さんが言う。「喜衣さんが僕の子供をおろしたなんて、そんなことは、ありえないよ」

「ありえませんか」

「それはそうだろう。自分の子供ということなら、僕だって当事者だからね、喜衣さんが相談しないはずはない。それにそういうことは、気配で気がつくものだよ」

「姉が、高橋さんに、遠慮をしたとか」

「君ねえ、僕にでもだれにでも、彼女が遠慮なんかする性格だと、思うかね」

返事につまったのは、弟として、肯定していいのか否定していいのか、判断に迷ったからだ。

「いったい喜衣さんは、君にどういう話をしたんだね」

「今年の春、つまり、そういうことをしたと」

「今年の春ねえ。覚えがないなあ。やはり君、なにかの間違いだよ。たとえほかの男の子供だとしたって、僕が気づかないはずは、ないと思うなあ」

「四月の初めごろ、ベトナムへの取材だと言って、姉が家を空けたことがあります。そのとき千葉の病院に、入院したと」

「それは覚えている。覚えているけど、喜衣さんが行ったのは病院でもベトナムでもなくて、シンガポールだよ」

「シンガ、ポール？」

「間違えるはずはない。僕と一緒だった。四月第一週の日曜日から四日間、僕と喜衣さんはシンガポールへ旅行をした。それぞれ口実をつくったわけだが、旅行をしたことは事実だよ。嘘だと思うならパスポートを見せようかね」

「はい、あ、いえ」

「喜衣さんのパスポートにだって、出入国の印は押されている。日付の確認はとれると思うよ。だからね、そのころ彼女が病院でなにかをしたというのは、まったく考えられないんだ。喜衣さんとのつき合いは認めるけど、子供云々《うんぬん》という話は、どう考えてもありえないなあ」

耳がじんわりと熱くなって、居心地の悪い冷汗と姉貴に対する不信が、尻の下から首筋の方向へ、螺旋状に這いあがる。姉貴との関係を率直に認めている高橋さんが、今さら嘘を言うはずはなく、子供の件だって否定する必要はないだろう。客観的に考えれば、取材だといつわって病院に入院するより、不倫相手と隠密旅行をするほうが、姉貴には似合っている。酒に酔っていたとはいえ、姉貴はどういうつもりで、あんなことを話したのだ。

「この期におよんで言い逃れはしないよ。だけどどこで間違ったのか、子供のことだけは、覚えがないんだなあ」

「そのことは、もう、いいです」

「しかしそれなら、君は僕に、なにを言いに来たのかね」

旅行のことも事実で、子供の件も、たぶん高橋さんの言うとおりだろう。しかし姉貴の自殺未遂事件の始末は、まだ残っている。

「機会があったら、一度、高橋さんに会いたいと思っていました」

「それはまた光栄なことだ。時間があれば夕飯でも食いたいところだが、今日は仕事が、つまっていてね」

「姉のことはお任せします。面倒な性格ですから、放っておけばまた、同じことをくり返します」

「おいおい、脅かしてはいけないよ。自殺されてその度に遺書に名前を書かれたら、僕の家庭が崩壊してしまう」

姉貴と結婚するということは、今の家庭を崩壊させるということで、そんな理屈ぐらい、高橋さんだって、承知しているはずではないか。

「まあ、その、なんだ……」と、ぼくの気配に気づいたのか、口髭の下からきれいなさし歯をのぞかせて、高橋さんが言う。「喜衣さんと結婚するにしても、結論を出すには時間がかかるんだよ。そういう理屈は君にも、ぜひ分かってもらいたいな」

「姉にまた自殺なんかさせないように、そのことだけ、お願いします」

「委細承知した。僕だって責任を回避するわけじゃないんだ。喜衣さんのことも本気で考えている。君は安心して、この問題は大人の判断に任せておきたまえ」

そこまで宣言されて、これ以上ぼくに、なにを言い返せというのか。それに考えてみれば、もともとここへ来たこと自体が要らぬお節介なのだ。高橋さんも得体が知れないし、こういう人と三年間も不倫をやっていた姉貴は、ぼくなんかには理解できない、特殊な価値観がある。言うことは言った。知らせることは知らせた。高橋さんの台詞ではないが、これ以上はもう、大人の判断に任せるしか、仕方ない。

ぼくは腹の底で嘆息しながら、重い腰で立ちあがり、ソファの横に出て、高橋さんに深く頭をさげる。

「コーヒーを出すのを忘れていた。シロウくん、今度は暇なとき、ゆっくり遊びに来るといいよ」

「お忙しいところを、お邪魔しました」

「とにかく用件は承知した。僕の名誉にかけて、善処すると約束しよう。ところで君、喜衣さんから聞いているかな」

「はい？」

「今度生まれた双子の名前さ」

「いえ」

「二人とも女の子でね。上がマリで下がハナという」

「はーあ」

「つづけるとマリファナになるだろう。どうかね、我ながら、ひじょうに傑作だと思うんだがね」

ドアをあけ、廊下に出てから、大きく背伸びをして、ぼくは目いっぱいの深呼吸をする。自分の世界が狭すぎることは自覚していても、姉貴の交友関係は、少しばかり広すぎる。姉貴の人生におっとり刀で介入できるなどと、ぼくはどこで、勘違いしていたのか。今でも説教をするのは姉貴のほうで、金を貸してくれるのも姉貴のほう。子供のころだって、迷子になったぼくを捜してくれたのはいつも姉貴だった。泥沼にはまろうと地獄に落ちようと、姉貴のような人は、出口だけはしっかり、確保しているのだ。

*

『フレンチウエスタン』を出たときは日も落ちきっていて、薄闇と街燈を蹴散らすようにクルマのライトが交錯し、落ち葉の舞う表参道をカラフルな男や女が、急ぎもせずに行きすぎる。ぼくは竹下通りをぶらつく気分でもなく、表通りを原宿の駅まで歩いて、ラッシュの始まった山手線に乗る。

姉貴の交遊関係は拍手したいほど活発で、それは親父にしても同じことだ。瘡蓋がはがれるようにそれぞれの本音は出はじめているが、だからどうなのだと言われれば、どうでもない。寝て、起きて、朝飯を食べて出て行き、夕方から夜中にかけてぱらぱらと帰ってくる。家族の基本的なリズムは一定していて、それでだれも、不便に思うことはない。家というのは、することがあるから帰る場所ではなく、なにもすることがないから帰る場所なのだろう。

新宿で山手線を埼京線に乗りつぎ、池袋を通りすぎたころには、もう赤羽での途中下車を決めていた。家でお袋の愚痴に相槌をうつのも煩わしいし、たまには衝動だけの行為もしてみたい。町をほっつき歩いて、冬のコートでも見て、旨そうなラーメン屋があったら寄ってみてもいい。山口明夜のアパートへ行くのか、行かないのか、そんなことは電車をおりてから決めればいいことだ。

昨日と同じ東口に出たのは、六時を少しすぎた時間だった。日は暮れきり、勤め人や高校生の集団が狭いロータリーを、ざわめきながら散っていく。耳に触れる空気は冷たく、街燈の光には人いきれの暖かみがあって、荒川が近いせいか、都心よりもいくらか湿度が高く感じられる。

明夜の顔が見たければ、アパートへ行けばいい。声が聞きたければ電話もできる。こんな時間に若い女の子が部屋に閉じこもっているとも思えないが、明夜のことは分からない。ボーイフレンドがいるのか、いないのか、その肝心なことが分からないのだ。

風に吹かれながら、ぼくは明夜の大きすぎるほどの目と、右の目蓋に散っている星のようなソバカスとを、漠然と思い出す。化粧やファッションに興味がないことは事実だろうし、映画や音楽に凝っているとも思えない。表情や口調は投げやりだが、それでいてどこかに、率直な情熱も感じられる。高校時代に長距離の選手だったという経歴も意外で、しかしそれなら、卒業してからの四年間は、なにをしていたのか。東京の子ならアパートでの一人暮らしはないだろう。部屋に入れてくれたり、駅まで送ってくれたり、明夜なりに好意を示してくれたと思うのは、やはりぼくの、希望的観測か。

どこへ行くあてもなく、町の地理も分からず、街燈がつづいている大通り沿いの歩道を、ぼくは人の流れに任せて歩きはじめる。電話をして明夜が部屋にいなければ気が抜けるし、いたとしたら、なにを話していいか分からない。二日もつづけて「偶然通りがかった」では、いくらぼくでも、気がひける。

明夜のアパートとは別な方角だったが、それでも大通りに面した一画が赤羽の繁華街らしく、途中からはアーケードのある『すずらん通り』という商店街に変わってきた。近くには大型スーパーの看板も見えていて、人の流れもその辺りに漫然と凝縮されていく。商店街をつきあたりまで歩き、見物したい店もなく、ぼくはアーケードをひき返して小さい書店に入る。苦手な分野ではあっても、明夜を理解するには少しぐらい、陸上競技の知識も必要だろう。

ふだんはカメラ雑誌か自然科学系統の本しか目に入らないのに、その気になって眺めると、スポーツ誌のコーナーにはボクシングから卓球まで、だれが買うのか訊いてみたいような雑誌が、そこそこに並んでいた。陸上競技に関する雑誌は『走人』と『ザ・リクジョウ』の二誌があって、『走人』のほうがマラソンや駅伝の長距離競技向け専門誌のようだった。ぼくは十分ほどコーナーで立ち読みをし、とにかく『走人』を買って、店を出た。雑誌にはマラソンランナーやコーチのインタビュー記事ものっているから、走る人間の心理について、いくらかは勉強になる。気づくのが遅かったが、ぼくと明夜のあいだには犬のこと以外に、なにひとつ共通の話題がなかったのだ。

本屋を出てから信号のある交差点を駅側へわたり、ファッションビルの賑わいに足をとめたときには、もう七時になっていた。親父からは手に余る告白をされ、昼間からビールを飲んで、そのうえ虎ノ門から原宿まで歩いたのだ。高橋さんとの談判は余計だったにしても、疲れるのは当然だろう。明夜に会った日から四日間、自分の人生でぼくは、最高に忙しい時間をすごしていた。

駅に戻ることに決め、人通りの多くなった歩道に視線をやったとき、見覚えのある生成りのカーディガンが目に入って、とっさにぼくは人混みに身を隠した。ビールの酔いは冷めているし、今日は幻覚を見るほどの、寝不足でもない。

ぼくは駅からやって来る人波を車道側によけ、少しだけ前の女の子に近づいて、ななめうしろから背の高さと歩き方を確認する。コーデュロイパンツもショートブーツも、やはり明夜のもので、となりには荒川の土手で見かけた色の黒い男の人も歩いている。アルバムの写真にも写っていたし、この男の人は、どういう素姓なのか。マラソンのコーチなら土手か陸上競技場で会えばいい。二日もつづけて、それもこんな町なかを肩が触れるような距離で歩く必要が、どこにある。明夜とは歳が離れているといっても、姉貴や親父の例もあるのだ。

ロータリーの手前まで来て、二人が立ちどまり、ぼくもビルの陰に足をとめる。明夜のシルエットが白くふくらみ、短い髪が風に吹かれて、広い額が意思の強そうな輪郭で浮かびあがる。うなずく顎の線が見え、首を横にふる仕草が見え、すくめた肩の角度までも、目の前の風景のように鮮明になる。男の人の表情は見えず、二人の会話は聞こえず、ぼくの視界には山口明夜の暗い目の動きだけが、ただ拡大されてゆれつづける。

三分か、五分か。二人が同時に背中を向けあい、明夜はアパートの方向へ、男の人が駅の券売機のほうへ、ふり向きもせずに歩き出す。映画のシーンを見ているようで、ぼくには実感がわかず、拡散する集中力でただ二人の遠影を、茫然と見くらべる。

明夜が通りをわたって線路沿いに消え、男の人も駅前の雑踏に姿を消して、戻ってきた喧噪やクルマのエンジン音に、ぼくの意識も、バランスをとり戻す。明夜を追いかけて「今の人とはどういう関係か」と訊いたら、「他人には関係ない」と言い返されるに決まっている。だいいちそんなことをしたら、間違いなく、もう明夜には会えなくなる。マラソンの練習が終わってたまま食事をしたとか、買い物につき合ったとか、実際はそれだけのことなのか。それともなにか、高校時代からつづいている、選手とコーチという以外の特別な関係でもあるのか。分かってしまえば安堵でも絶望でも、具体的な感情として感じられるはずなのに、この疑心暗鬼がぼくに、惨めな不安を押しつける。

人波が何度も押し寄せ、ロータリーからバスが出ていき、ぼくも生きている自分を発見して、惨めな気分のまま券売機へ歩く。それから切符を買って、改札を抜けて地下通路を通って、人混みを分けて階段をのぼって、やって来た京浜東北線に、惨めに乗り込む。途中下車なんかしなければ、高橋さんにさえ会わなければ、親父と食事をせず、姉貴なんか病院に見舞わなければ、今日のぼくがここまで落ち込む必要は、なかったろうに。

5

コールテンのジャケットにチノパンツ。着ているものはいつもと変わらないのに、水道橋の駅を出るころには顎の下に汗がにじんでいた。スチール写真のように空の青い、よく晴れた日で、ぼくはジャケットを脱いで白山通りを神保町の方向へ歩いていた。『走人』を発行している『スポーツトピックス社』は西神田の二丁目にあって、バックナンバーはすべて揃えてあり、会社まで足を運べば閲覧も可能だという。

山口明夜がだれで、どこで生まれてなにを考えているのか。直接訊けばいいと思いながら、透明な幕が冷たくぼくの勇気を跳ね返す。身元調査みたいなことはしたくないが、たとえ輪郭の周辺だけにでも、いくらかは明夜に近づきたい。百メートルを何秒で走って、姉弟が何人いてどんな食べ物が好きなのか。そんなことが分かるだけでも、ぼくは少しだけ元気に生きていける。

大通りを神保町の手前で右に曲がり、付近を五分ほど歩きまわって見つけた『スポーツトピックス社』は、階段をあがるだけでも決意がいるような、手摺のかたむいている古い雑居ビルの二階にあった。雑誌倉庫のなかにかろうじてデスクと人間が同居している感じの、活気のない会社で、ブラインドの内側には埃と紙の匂いとタバコの煙が争うように渦巻いていた。

応対してくれたのは、一人で雑誌の山にうもれていた五十ぐらいの男の人で、ぼくに特別な興味は示さず、衝立で仕切られた物置のような部屋に、あっさり案内してくれた。窓のない六畳ほどの部屋には天井までの高さにスチールの書架が並び、年度別にとじられたファイルがくずれるほどにつまれている。『走人』以外の種々雑多な雑誌も含めて、狭い部屋は古紙のトンネルのようだった。

ぼくは明夜の年齢を逆算し、五年前のファイルをとり出して、最初の号から目次に目を通しはじめた。一冊が一センチにみたない雑誌でも、一年ぶんの目次調べには時間がかかる。次年度の号に移るまでには、三十分の時間が必要だった。

次のファイルにとりかかり、諦めかけたころ、目次のなかに突然『山口明夜』の名前が浮かびあがって、人がいないことを幸い、ぼくは思わず指を鳴らす。雑誌に記事が出ているということは、やはり有名なランナーなのだ。明夜との距離が近くなったのか、遠くなったのか、当然ながらぼくは、複雑な気分になる。

記事がのっていたのは、十二月号の六十二ページで、思いがけず明夜がひょうきんな表情を見せている、写真入りのインタビューだった。『全国高校女子駅伝選手権大会優勝、華北女子学園アンカーの山口明夜さん』とあるから、アルバムで見た記念写真を写した直後のインタビューだろう。内容はレースをふり返っての感想や、次の目標や進路などが定番に並んでいるだけの、関係者以外には興味をもちそうにない記事だった。ぼくは明夜の出身が宮城県の石巻市であり、本格的に陸上競技を始めたのが中学一年のとき、それから仙台市の華北女子学園にすすみ、将来はマラソンランナーを目指しているというところまで、仕込める情報はすべて、細心の注意力でチェックした。補足記事には『トラック三千メートルの高校記録保持者』という説明まであって、実感はわかないまま、ぼくは単純に尊敬した。荒川の土手から雨に追われて走ったときは、明夜はぼくのために、加減をしたのだろう。記事の最後には監督の手塚修司という人が「膝の柔らかさと腰の強さは天性のものであり、山口明夜は将来、間違いなく日本のトップランナーになる逸材」と談話を寄せていた。

雑誌のインタビューなんて、大げさに書いたり意味もなく褒めたりするものであることぐらい、ぼくだって承知している。それでも彼女が優勝チームのアンカーであることは事実で、トラックでの高校記録をもっていることだって、凄いことではないか。チームの監督が「トップランナーになる逸材」とまで言い切るのだから、自信もあってのことだろう。野球選手なら超高校級の、ドラフト第一位というやつだ。そこまで才能のあった明夜が、陸上競技界の実情はどうであれ、なぜアルバイトをしながら、あんな殺風景なアパートで一人暮らしをしているのか。

「ふーん、おたく、そんな記事を見に来たのか」

突然声をかけられて、前にのめりそうになったが、いつの間にかさっきの男の人がうしろに立っていて、湯呑をテーブルに置きながら肩越しにぼくの手元をのぞいてきた。足音を忍ばせたわけでもないのだろうが、開いたページに熱中していて、うしろの気配に気がつかなかったのだ。

「うちのバックナンバーなんか調べるやつ、滅多にいないんだよなあ。おたく、山口明夜となにか、関係があるわけ」

「アルバイトで、知り合っただけです」

「アルバイトねえ。そのアルバイト、彼女もやってるのかね」

「もう辞めました」

「どんなアルバイトか知らんけど、惜しいことをしたなあ。競技をつづけてればそのうち、オリンピックにも出られたろうになあ」

男の人がワイシャツの胸ポケットからタバコを抜き出し、使い捨てのライターで、のんびりと火をつける。うすい髪を耳のうしろに長くのばした、髭の濃い人だが、禿げあがった額の光り方には無邪気な人のよさも感じられる。

「やっぱり、彼女、有名なんですか」と、タバコの煙を避けながら、ファイルを男の人のほうに押して、ぼくが訊く。

「おたく、陸上には詳しいのかね」

「まるで知りません」

「そうだろうな。関係者なら覚えてるはずだものなあ。高校時代は天才ランナーといわれて、ずいぶん騒がれた。あれから四、五年はたってるのかなあ」

「彼女、高校以降は、走るのをやめたんですか」

「しばらくは走っていたさ。企業の陸上部に入ったが、惜しいことに、そこでトラブっちまった」

「怪我か、なにか?」

「心の問題だろうよ。いわゆる、人間関係の軋轢《あつれき》ってやつ。とにかく若い女の子ではあるし、この業界もこれでなかなか、面倒が多いわけさ」

男の人がくわえタバコのまま雑誌のページをめくり、また元に戻して、肉の厚い尻をテーブルにかける。

「このインタビュー記事、俺が書いたんだけどね。惜しいことをしたよなあ、才能だけなら間違いなく、世界に通用した。環境が悪かったし、彼女にも運がなかったんだよなあ」

「人間関係のトラブルというのは、どういうことでしょう」

「嫉妬やら誤解やら策略やら、そりゃあ、いろいろさ」

「いろいろって？」

「金もからむし、協会内部での勢力争いもある。おたく、同じアルバイトで、聞いていないのかね」

「彼女は、なにも言わない人でした」

「そんな山口明夜を、なぜ君が調べているんだね」

「個人的な興味です」

「個人的な興味？　ふーん、若いやつにはまあ、いろいろあるんだろうけどなあ」

男の人が壁に長くタバコの煙を吹き、禿げあがった額をこすりながら、髭面の頬を、にやっと笑わせる。

「この業界もなあ」と、雑誌に目を細めながら、薄笑いを浮かべたまま、男の人が言う。「選手のスカウトとか、ひき抜きとか、そのへんで意外に大きい金が動くんだよ。彼女をとるのにネイチャー化粧品は、一千万の金をつんだという噂だ」

「一千万？」

「そりゃそうだろう。冬になればマラソンの中継も多いし、オリンピックや世界選手権もある。企業としてはとんでもない宣伝効果で、特に山口明夜は、顔だってこのとおりだ。ヤマン婆みたいな女が白目をむいて走るのとは、わけがちがうものなあ」

「やめた理由は、金ですか」

「詳しい事情は知らんよ。でも噂はいろいろあった。この記事にも出ている手塚修司という監督な、この男は華北女子学園の監督だったんだが、山口明夜と一緒にネイチャー化粧品の監督に就任した。山口明夜を自分の手で育てたかったのか、それ以上の関係があったのか、とにかく、まあ、金も絡んで、そのあたりからいろいろ、トラブルが起きたわけだ。手塚がネイチャー化粧品を辞めて、山口明夜も退部して、さーてそのあとは、どうなったのか。俺もおたくが来るまで、山口明夜のことはすっかり忘れていたよ」

タバコの灰がこぼれ、男の人のズボンを汚して、ぽとりと床に落ちる。ぼくの座っている椅子がきしんで、紙の埃くさい臭いが悪意のように押し寄せる。のぞいてはいけない山口明夜の過去が、灰色の澱みのなかから、息をとめてぼくの単純さを非難する。

「おたくねえ、必要ならそのページ、コピーしてもいいよ」と、床に落ちた灰を踏みつぶし、衝立を向こう側へ歩きながら、男の人が言う。

「読むだけで結構です」

「ほかに記事はないなあ。あったとしても、駅伝のオーダーに名前が出てるぐらいだ」

ぼくはハレーションを起こしている自分の頭のなかを、しばらく点検し、ファイルを棚に戻して事務所のほうへ歩く。男の人はもうデスクに戻っていて、新しく火をつけたタバコの煙を天井に向かって、ぷかりと吹かしていた。

「監督だった、手塚という人のこと」と、背中にわだかまっている悪寒をふり払って、ぼくが訊く。「なにか、ご存知ですか」

「手塚修司ねえ、彼も大学時代は、中距離の選手だったなあ」

「色の黒い、左の肩のつっ張った感じの？」

「陸上の連中はみんな、日に灼けてるよ」

男の人がうすい髪に指を入れながら、メモ用紙をさし出して、ちらっとぼくの顔をうかがう。

「君なあ、この紙に住所と名前、書いてくれんかね。閲覧者に対する決まりなんだよ」

「歳は四十……」

「年齢まではいらんが、君が四十ということはないだろう」

「そうではなくて、手塚さんの」

「ああ、手塚修司ね。あのころ三十五、六だったから、もう四十になったかなあ。そういえば彼、ネイチャー化粧品を辞めたあと、奥さんとは離婚したという話だ」

男の人の吐き出すタバコの煙が排気ガスのように、いやな臭いで、強くぼくの咽を刺激する。これだけ埃と黴《かび》とタバコの臭いが充満しているのに、なぜこの事務所は、換気をしないのだろう。ぼくは住所氏名を書き終えたメモ用紙を男の人に返し、礼を言って、事務所を出る。ぼくの馬鹿さ加減はうんざりするほど本物で、自己嫌悪ぐらい、生まれたときから馴染んでいるはずなのに、ここまで大型の衝撃は、ちょっとばかり、相手が悪すぎる。明夜の素姓が分かればいくらか気分が楽になる、などと、ぼくはなにを、呑気に考えていたのか。勝手に動きまわって勝手に納得して、その結果得たものがこの混乱というのでは、ぼくはあまりにも間抜けすぎる。

一時間も歩きつづけ、自分が歩きつづけていることに気づいたときには、皇居の堀を三宅坂までやって来ていた。昨日も虎ノ門から神宮前まで歩いたから、どうもぼくには、怒ると意味もなく歩く癖があるらしい。空気の暖かさは変わらず、雨の気配はなく、天候もぼくの真似をして、自己嫌悪の錯乱でも起こしているのか。

内堀通りの歩道に立って、しばらくクルマの流れを眺めていたが、三宅坂を新宿方面へ向かうバスが来て、ぼくはそのバスに乗る。歩きまわるのは怒っているからで、それならなぜ怒っているのか、理由が分からない。明夜が天才といわれた長距離ランナーであったり、走るのをやめたり雲隠れしたり、そんなことでなぜぼくが、怒るのか。企業がらみで大金が動いたという噂や、つきまとう手塚修司という人の影が、なぜ気分を滅入らせるのか。テレビとベッドしかないアパートの部屋で、食事もつくらず、音楽も聴かず、明夜はなにを考えて暮らしているのか。

怒っていたせいか、ＪＲの新宿駅についてから、駅ビルのショッピング街で、ぼくは意味不明な衝動買いをした。白とピンクのチェック柄カーテンは、明夜が無頓着にかけているあの部屋のカーテンより、いくらか趣味はいいだろう。

＊

まだ明るい赤羽の駅前を商店街から岩淵町の方向へ歩き、交差点を赤羽三丁目側にわたると、路地の奥に小学校の塀が見えてくる。『せせらぎ荘』も『やまぐち』の丸文字も、日のあたらない外階段も灰色の壁も、ずっともち歩いていた風景絵のように、きっちりとぼくの記憶によみがえる。

ぼくは紙袋を抱えなおして、外階段をのぼり、緊張が襲ってくる前に、急いでドアをノックした。カーテンを届ける、という名目を発明したことで、明夜がいてもいなくても、少しは狼狽をおさえられる。

なかから明夜の声が聞こえ、ぼくが名前を言い、ドアが外側に開かれる。顔を出した明夜の目に期待したほどの感動はなく、表情のない視線が無言のまま、漠然とぼくの顔を見返してくる。ぼくは気づかれないように唾を飲み、足元の沓脱《くつぬぎ》に、男物の靴を探す。あったのは明夜のサンダルと、ベージュ色のショートブーツだけだった。

「偶然前を通ったら、窓から、きみの姿が見えた」

「窓は通りに面していないわ」

「となりの部屋だったかな。どっちにしてもきみがいたのは、すごい偶然だ」

明夜が形よく尖った鼻を右に曲げ、肩をすくめて、苦笑しながら部屋の奥へひきさがる。歓迎するとも言わないし、帰れとも言わない。出かける気配はないから、よかったら入れ、という程度の意味だろう。ぼくはドアを閉めてスニーカーを脱ぎ、一昨日とまるで同じ生活感のない部屋に、黙ってあがり込む。こんなふうに押しかけることがルール違反であることぐらい、本当はぼくにだって、ちゃんと分かっている。

明夜がベッドの端に腰をのせ、テレビのスイッチを切って、肩の力を抜くように、ほっと息をつく。ストレートジーンズに丸首のコットンセーターで、化粧もピアスもなく、素足の踵と指には相変わらず、気の毒なほどの肉芽《たこ》が浮いて見える。

「今日、マラソンの練習は?」と、紙袋を置きながら、テーブルの前に居心地悪く座って、ぼくが言う。

「この前は試しに走っただけ」と、見おろすように視線を向けて、明夜が言う。「コーヒー、飲む？」

「うん」

「インスタントだけど」

「いいさ」

「テレビは？」

「観たくない」

明夜が足をふって腰をあげ、うなずきながら狭い台所へ向かう。冷蔵庫も調理器具も見あたらないが、ガス台には小さいアルミの薬罐《やかん》がのっている。

ぼくは座ったまま、紙袋の封を開き、窓の高さを目測しながら、買ってきたカーテンをとり出す。長さを百六十センチと判断したのはやはり正解で、台所との仕切りも予想したとおり、百八十センチだ。

「ビデオ屋へ行ったけど、晴川くんが言った映画は、なかったわ」

「なんだっけ」

「椿三十郎」

「どうでもいいさ。古い映画だし、観ても面白くはない」

「それ、なに？」

「カーテン」

「女の子みたいな色」

「女の子さ。きみが自分で、どう思ってるかは知らないけど」

明夜が台所から戻って来て、部屋との境で立ちどまり、柱に手をかけながら、眉の線を山形にゆがめる。

「わたしの部屋に？」

「おれの部屋には似合わない」

「でも、どうして」

「夢にこの部屋が出てきた。部屋の神様がカーテンをとりかえてくれと、おれに頼んだ」

大きく息を吸い込んで、黙って息を吐き出し、指先で前髪を払いながら、明夜が口の端に深く皺をきざませる。目の表情は困惑しているようでもあり、怒っているようでもあり、諦めているようでもある。ぼくは仕切り用の花柄カーテンを外して、新しいカーテンをかけ、明夜の鼻先でぴたりと、そのカーテンを閉めてみる。

「ベッドへあがらせてもらう」

返事はなく、ぼくはベッドにあがって窓のカーテンをつけかえ、外したほうのカーテンをたたんで、部屋の隅に置く。カーテンぐらいで世界が変わるはずもないが、窓からの光は和《やわ》らかくなり、冷淡だった部屋の空気にも遠慮がちに、華やかな気配が広がる。女の子の部屋が女の子の部屋らしくなることは、たぶん、悪いことではないだろう。

間仕切りのカーテンが開き、琺瑯《ほうろう》のカップをもった明夜が、息をとめているような顔で戻ってくる。表情がかたいのは突然色彩が変わった自分の部屋に、戸惑いでも感じているのか。

「晴川くん、やっぱり変わってるわ」と、カップをテーブルに置き、顎の先をつんと窓のほうへ向けて、明夜が言う。

「カーテンをかえると縁起がいいんだ」

「ふーん」

「いいアルバイトが、見つかるかも知れない」

アルバイトのことなんかどうでもよく、拘《こだわ》っているのは明夜の過去だったが、訊くわけにはいかず、『走人』を調べた事実も、口には出せない。

「少なくともサイズだけは、合ってるよな」

「カーテンだけ目立つみたい」

「すぐ慣れるさ。カーペットとベッドカバーを工夫すれば、いい部屋になる」

「面倒くさいな」

「この部屋に住んで、どれぐらい？」

「二年」

「長いんだな」

「そうかしら」

「越してきたばかりか、と思っていた」

二年もこの部屋に住んでいて、ポスターも鉢植えも人形もなく、畳には傷も埃も浮いていない。簡素であることは好ましくても、それは明夜が潔癖であることとは、別な理由だろう。ネイチャー化粧品の陸上部を辞めて以来、たった一人、友達もつくらず、映画も観ず、明夜は本当にこの部屋とアルバイト先だけを、往復していたのか。「オリンピックにも出られた」というほどの才能をもちながら、なにを好んで、こんな生活を選んだのか。

明夜がテーブルを遠く離れて座り、もう部屋の話題には触れず、足を投げ出してアルバイト情報誌をめくりはじめる。礼の言葉までは期待しなかったが、カーテンに対する感想ぐらいは、言ってもいいのに。

ぼくはわだかまる疑問をコーヒーの湯気に誤魔化し、殺風景な部屋を見まわして、ひっそりと欠伸をする。眠いわけではなく、自制心がうすれたわけでもなく、それでも放っておくと手塚修司という人の名前が、つい口から出そうになる。

「なん年か前は、その雑誌、電話帳ぐらいの厚さだったよな」

「そのころのことは、知らない」

「面白そうなアルバイト、ある？」

「スナックとか、コンビニのレジとか」

「教材のセールスとか、ビデオの配達とか、か。おれもまた、なにか始めなくては」

明夜は口を軽く結んだだけで、返事をせず、ジーンズの裾から出た素足の足首を、くるっとまわしてみせる。骨ばっていて、指が長くて肉芽の厚い明夜の素足は、寒そうでもあり、感動的でもある。胸も体型全体も頼りないほど華奢なのに、足の皮膚だけは肥厚していて、踵の下には痣《あざ》のような黒ずみも見える。その傷だらけの足と雑誌をめくる細い指との対照が、悲しいほど、ぼくを困らせる。

「きみ、正式に、勤めたことは？」

「ちょっとだけ、あるけど」と、顔をあげずに、右手の親指を口にもっていって、その爪を噛みながら、明夜が答える。

「運動関係？」

「ふつうの事務よ。すぐに辞めたわ」

「きみが事務員というのは、似合わなくて、おかしいな」

「子供のころは船乗りになりたかったの。女の子は船乗りになれないと言われて、悲しかった」

日灼けの残る明夜の首筋が、少し赤くなり、顎の先端にできた小さいニキビも、気のせいか、少し色を濃くする。

「他人《ひと》と会わなくて済む仕事って、少ないわね」

「ペットショップなんか、よかったのに」

「犬や猫は口をきかないけど、お客のほうがお喋りで、面倒なの」

「割り切るしかないさ、金のためだって」

明夜の平らな額に強い皺が浮き、輪郭のはっきりした二重目蓋が、非難の表情でぼくを見あげる。

「晴川くんはお金のために、割り切れるの」

「アルバイトだから」

「アルバイトでも、お金のためだけに働くのって、いやだわ」

「アルバイトは金のためにやるんだろう」

「でもお金のために生きるのって、そういうのは、いや」

「大げさだな」

「いやなものはいやなの」

「そんなことだから……」

言葉を出しかけ、明夜の驚くほど頑固な視線に、一瞬、ぼくは息を飲む。ぼくにカーテンを買わせた衝動が、明夜を被っている不透明な拒絶感が、我慢していたぼくの苛立ちを、また無自覚によみがえらせる。

「そんなことだから、なに？」

「忘れた」

「そんなことだから、カーテンも買えない？　お金がなくて友達もいなくて、映画のことも知らない、という意味？」

「ふつうでいいと思っただけさ。ふつうに生きるって、そんなに、悪いことじゃない」

「晴川くんはふつうなの？　わたしを非難する資格が、あるの」

「自分のことは分からない。でも他人《ひと》のことは、客観的に見られる。それだけのことさ」

「わたしは自分のことを考えるだけで、精一杯なの。他人のことなんか、見る気にもならないわ」

明夜が肩に力を入れ、セーターの胸に顎をうずめて、溜まっていた怒りを吐き出すように、長く息をつく。

「わたしね、カーテンは嬉しいけど」と、雑誌をテーブルの下に放り、膝を抱えながら、明夜が言う。「一方的にこういうことをされるのって、好きじゃないの。善意でも愛情でも、一方的に押しつけられるのは、嫌いなの」

　アパートの裏をトラックのバックアラームが通りすぎ、その合成音にまぎれて、小学校のほうから子供の甲高い声が聞こえてくる。明夜は前髪を一筋額にかけ、目の光を強くして、じっと前の壁をにらみつづける。ぼくの混乱や苛立ちは情けないほどの速度で分解し、後悔のなかに、苦い味で萎縮しはじめる。かねという言葉に対する明夜の極端な反応を、反応の理由を、当然ぼくは、理解するべきだった。

　日が陰ってきて、部屋のなかに薄闇が広がり、それでも明夜は姿勢を変えず、膝を抱えたままかたくなに爪を噛みつづける。ぼくは思考を放棄し、空になった琺瑯のカップを、意味もなくもてあそぶ。カーテンを買ったのも衝動で、部屋を訪ねたのも衝動で、そのすべてを否定されたぼくは、どういう名目でも、もうこの部屋にはいられない。

　ぼくは突然高鳴った心臓を、ジャケットの内側におさえ込み、鼓動のリズムに追われて、腰をあげる。偶然通りがかっただけの人間は、用がなければ、立ち去るしか仕方ない。

「コーヒー、ありがとう」

「うん」

「暗くなってきた。電気、つけたほうがいい」

「そうね」

「喧嘩をしに来たわけでは、ないんだ」

「分かってるわ」

「映画のことだけど」

「うん？」

「どうせなら、小津安二郎のほうがいい。黒澤明よりは、ちょっとだけ、いいから」

明夜は腰をあげず、ぼくは暗い部屋から暗い沓脱に出て、スニーカーの紐を結び、ドアをあけて、外に出る。踊り場も外階段も小学校の庭も半透明の闇におおわれ、路地を行商の八百屋がリヤカーをひいていく。新聞配達のバイクが通り、アタッシェケースをさげた男が駅の方向へ急いでいく。

ぼくは心臓の鼓動をしずめながら、岩淵町の交差点まで歩き、信号をわたって、地獄への入り口のように口をあけている地下鉄の駅へ、意識もなく、すとんと吸い込まれる。

6

壁紙が天井との境目で、一ヵ所めくれて見える。グリーンの濃淡にストライプの入った壁紙は、ぼくが大学を辞めた記念に自分で張りかえたものだ。夏から住みついている小さい蜘蛛がその壁紙の上を、のんびりとカレンダーのほうへ歩いていく。蜘蛛も雀も起きているし、ぼくにも起き出す義務があることは分かっている。朦朧とした意識には雑誌にのっていた山口明夜が、実際の記憶のように、澱みなく出入りする。競技場で明夜の走りに声援を送ったぼく自身が、奇妙な現実感で錯覚を熱くする。

寝返りをうって、枕と布団の隙間から、ぼくは自分の部屋を確認する。チノパンツとジャケットが脱ぎ散らかしてある以外、変わった風景はなにもない。高校時代から使っている木の机と、高さ調節のきく灰色の椅子。キャビネットにはネガをファイルしたプラスチックのケースが並び、下の段には写真の専門書が横積みに放り込んである。机の上にも動植物の図鑑類が並んでいるが、大学で専攻した経済関係の本は、どこにもない。もし、仮に、この部屋の壁に山口明夜の写真を飾るとしたら、ぼくはその理由を、自分にどう説明するのだろう。

いつまでたっても頭は愚痴を言っているし、仕方なく決心をして、ぼくはごろりとベッドからころげ出る。

トイレを済ませて居間をのぞくと、昨日までちゃぶ台の出ていた場所が電気火燵に代わっていて、セーター姿のお袋がテレビをつけていた。

お袋が顔をあげなかったので、ぼくも声をかけず、台所へ行ってコーヒーをセットする。また秋晴れがつづくらしく、台所の窓には裏の楓がさらさらと影を映してくる。遅い朝のコーヒーの香りや、居間の電気火燵や窓にゆれる葉影や、風景だけならこんなにも平和だと、ぼくはだれにでも自慢してやれる。

コーヒーが落ちるのを台所の椅子で待ってから、モーニングカップに移し、ぼくはそれをもって居間に入る。お袋が観ているのは再放送の時代劇で、なにが面白いのか、お気に入りは昔から時代劇と二時間ミステリだった。

「へーえ、もう、火燵にしたんだ」

朝寝の罪もあることだし、火燵に浅く足を入れて、無難に、ぼくはお袋の機嫌をうかがう。

「朝晩は冷え込むのよ。朝も夜も遅い人には、関係ないでしょうけどね」

お袋がほとんど口を動かさずに返事をし、肩凝りでもほぐすように、首を二、三度左右にかたむける。一人でこの家を仕切っていれば肩ぐらいは凝るだろうし、放埒《ほうらつ》な娘や息子に対して、嫌味のひとつも言ってみたくなるのだろう。これで小谷さんの件がバレでもしたら、晴川の家族は首をそろえて、地獄行きになる。

「悪いけど、シロウ、今日も喜衣の病院へ、行ってくれない？」と、火燵の菓子鉢から煎餅をつまんで、テレビに目をやったまま、お袋が言う。

「母さん、それは……」

「下着の予備がどうとか、化粧品がどうとか、また面倒なことを言ってきたの」

「忘れていた」

「ドクダミエキス入りのクレンジングクリーム、でしょう？　まったく、あの子、自殺したときぐらい、おとなしく寝ていられないのかしら」

「姉さんがおとなしく寝るようになったら、もっと怖いよ」

「冗談はいいの。ねえ、とにかく行ってちょうだいよ」

「今日は忙しいんだ」

「あら、シロウに忙しいことなんて、あるの」

「アルバイトを、探さなくては、さ」

「弱ったわねえ。母さん、病院って嫌いなのよ。お医者や看護婦さんにも気を使うし、喜衣の我儘につき合うのも、気が重いの」

お袋がセーターの袖をおろし、人さし指で右のこめかみを押さえながら、ぼくの顔にさりげなく、流し目を送る。病院の件は諦めたらしいが、まだなにか思惑があるようで、ぼくはいやな予感に襲われる。

「ねえシロウ、この前あなた、彼女に会ったと言ったわねえ」

「彼女……」

「手紙に書いてあった、あの小谷さんという人」

予感は当たって、這いあがってきた寒気に、ぼくはひっそりと身震いをする。

「彼女、どういう感じの人だったの」

「真面目そうな、ふつうの女の人だよ」

「お父さんとは本当に、関係ないのよね」

「うん、小谷さんは、そう言った」

「あなたの印象ではどうなのよ。雰囲気におかしいところは、なかったわけ？」

「難しいことは、分からない」

短く息をつき、火燵の端に肘をかけて、言葉を探すように、お袋が目を細める。

「気にしても仕方ないけど、またね、へんな電話がかかってきたのよ」

「へんな電話？」

「悪戯《いたずら》であることは、分かっている。だけどこういうふうにつづくと、気分が悪いでしょう。冗談で済ませるのも、腹が立つし」

「具体的には、どんな内容の？」

「お父さんと別れろって」

「電話の人が？」

「それがわたしのためにもなるって」

「大きなお世話だよな」

「そうよねえ。でも手紙のこともあるし、電話までかけてこられると、疑いたくもなるわ」

親父との『共同戦線』に同意した覚えもなかったが、だからってこの場で事実を打ち明ける度胸は、ぼくにはない。

「電話をかけてきた人は、名前を？」

「いいえ、自分の言いたいことだけ言って、切ってしまったの」

「男？」

「女の人。低いかすれたような声の、念を押すような喋り方で。だからシロウ、小谷さんという人は、どういう感じの？」

「明るい声で、上品な喋り方だった」

「それじゃやっぱり、悪戯なのかしらねえ。悪戯にしては、質《たち》が悪すぎるけど」

声で思い出すほど、ぼくだって、小谷さんに強い印象はない。それでもお袋に宣言した「明るい声で、上品な喋り方」というのは、完璧にでたらめだ。どちらかといえば低い声で、言葉を区切りながら、相手の表情を探るように話す人だった。

「電話のことは父さんに、話したの」と、お袋の顔を見る気にはならず、空のカップをもてあそびながら、ぼくが言う。

「手紙のときと同じで、だれかの悪戯だろうと言うだけ」

「心当たりは、ないって？」

「調べてみる、とは言ったけど……」

お袋がまた煎餅をつまんで、口に押し込み、頰杖をつきながら、ぱりっと気楽な音をたてる。髪の分け際に白髪が目立つのは、姉貴や親父の騒動で毛染めを忘れているせいだろう。

「ねえシロウ、今度のこと、やっぱりお父さんの、仕事の関係かしらねえ」

「父さんがそう言うなら、そうなんだろうね」

「来年は取締役が内定しているらしいのよ。派閥とか駆引きとか、いろいろあるのかしら」

取締役ということは、重役ということで、親父が家で仕事の話をする習慣はないにしても、ぼくに『共同戦線』を提案したとき、なぜ言わなかったのだ。取締役が内定して、もしかしたら親父は、たんに小谷さんの存在が、邪魔になっただけなのか。それとも逆に、派閥とか駆引きとかの関係で、小谷さんの側に、別な思惑でもあるのだろうか。

「取締役の話なんか、ぼく、聞いていなかったけどね」

「だってシロウは、お父さんのお仕事なんかに、興味はなかったでしょう」

「場合が場合だし、さ」

「あの人も頑張ってはいるのよ」と、テレビのチャンネルをワイドショーに切りかえ、座椅子の背にもたれて、お袋が言う。「片山さんは本社の重役になっているし、内心は焦っていたんでしょうね」

「片山さんて?」

「同期だった人」

「同期で、もっと出世した人だって、いるだろう」

「いろいろあるのよ」

「いろいろって」

「昔のこと。シロウには関係ないの。だからね、お父さんが浮気をしてるなんて、ありえないことなのよ」

片山という本社の重役と、親父の取締役内定と浮気の否定と、お袋のなかで、どんな関連があるのか。お袋だって三十年も前から頬のたるんだおばさんだったわけではないし、若いころは新宿のディスコへも通ったという。親父とは社内結婚だったから、片山という人ともそのへんで、なにか関係があるのだろう。

「どっちにしても、あんまり、騒がないほうがいいね」と、自分の語調をチェックしながら、菓子鉢に手をのばして、ぼくが言う。

お袋が疲れたように目を閉じ、背伸びをして、また小さく欠伸をする。左手の薬指にはプラチナの指輪が光っているが、親父の指にははたして、結婚指輪なんか、はまっていたかどうか。

「姉さんの病院、やっぱり、行くよ」

「もういいわよ。カルチャーの前にわたしがまわってみる。シロウは冷蔵庫のピザでも温めて、適当にね。出かけるときは戸締まりと火の始末を、忘れないで」

返事をしようと思ったが、その前にお袋が腰をあげ、エプロンをしめなおしながら台所へ歩いてしまう。輪郭はぼやけていても、親父の心配は、粛々と現実になりつつある。たった一個の結婚指輪を頼りに日々を消化しているお袋に対して、「遺伝子の命令には逆らえない」と言い切るだけで、本当に問題が、片づくものなのか。それにぼくにしても、これ以上の演技を強いられたら、人格なんかかんたんに破綻してしまう。

ぼくが漫然とテレビを観ているあいだに、お袋が玄関から出ていき、それから三十分ほど、やはりぼくは意味もなくテレビを観つづけていた。番組は視聴者参加のバラエティーに変わっていて、知らないタレントが面白くもないギャグを、懲りもせずに送り出す。テレビは観ていても、頭には小谷さんの首をかしげる仕草や明夜の足にできた悲しいほどの肉芽《たこ》が、騙し絵のように交錯している。親父の問題に意識を集中するべきなのに、テレビには明夜のランニング姿までが顔を出す。散歩日和ではあるが、カメラをもって家を出ればぼくの足は、どうせ赤羽の河川敷に向かってしまう。

ぼくはテレビを消し、火燵のスイッチも切って、居間のガラス戸をあけ放つ。それから台所へ行って冷凍のピザを探し出し、それをオーブンに放り込む。今日は薔薇と紫陽花《あじさい》の剪定をして、梅と柿の木に肥料をやって、夕方になったら姉貴の病院へ行ってみよう。親父のトラブルは、どう考えても、ぼく一人の手に負える問題ではないだろう。

ピザが焼け、コーヒーもいれなおして、ぼくはカップと皿をもって居間の廊下に腰をおろす。ドウダンの葉が赤みを増し、松の枝にとまったオナガが番《つが》いでこちらを見物している。競馬場の方向からは風にのって低いどよめきが聞こえ、追われるような焦燥感はあっても、日のあたる庭を眺めながらぼんやりしている自分が、ぼくは決して、嫌いではない。

コーヒーを飲み、ピザを食べ、雲のあいだに日射しの位置を確認したとき、塀にとまっていた雀の群れが、一斉に飛び立つ。門の向こう側に紺色のトレンチコートがのぞき、鉄扉が静かに開いて、痩せた男の人が入ってくる。髪は短く、日に灼けていて、ネクタイのないワイシャツにグレーの替えズボンをはき、そしてコートの肩は、パッドでも入っているように、少し左あがりにつき出している。

男の人が遠くからぼくの顔を認め、日射しに目を細めるように、門から直接庭へ入ってくる。ぼくはわけが分からず、モーニングカップをもったまま、唖然と廊下に座りつづける。

「君が晴川くんか。いく日か前に荒川の土手で、会っていると思うが」

ぼくは息を飲むついでに、黙ってうなずき、カップと皿を横に置いて、震えそうになる指先を両膝のあいだにはさみ込む。

「僕の名前は知っているね」と、コートのポケットに両手を入れながら、部屋のなかに鋭く目をやって、手塚さんが言う。「君に話があるんだが、出られるかな」

「今は家に、ぼく一人です」と、廊下を居間の敷居までさがって、ぼくが答える。「話なら、ここで」

手塚さんが部屋と庭を見くらべ、目尻に太い皺をきざみながら、口のなかで返事をする。痩せているわりに胸板が厚く、首筋にも顔にも、油紙を貼りつけたような日灼けが見える。

「座りませんか」

「このままでいい。浦和には初めて来たが、静かな町だね」

「ぼくのことは……」

「『走人』の編集長から、連絡があった。住所も彼に教えてもらった」

庭の西側に目を細め、顎をしゃくるように、手塚さんが背中をのけ反らせる。目つきも鋭いし、声もかすれているが、見かけほど怖い人でもなさそうだ。それにしても『スポーツトピックス社』の人は、手塚さんとそんな間柄《あいだがら》だなんて、一言も言わなかったではないか。

「松の木のとなりに咲いているのは、椿かね」

「山茶花《さざんか》です」

「区別がつかないな」

「椿の一種ですけど、花弁の数がちがいます」

「花にも木にも無縁に生きてきた。これからもたぶん、縁はないだろうが」

「コーヒーをいれます」

「いいや、気を使わなくていい。話が済めば、すぐに帰る」

ぼくの顔に視線を戻し、そばの庭石に寄りかかって、手塚さんが掌で右の頬をこすりあげる。眉が濃くて、顎が張っていて、知らなければ軽量級の格闘家のようにも、見えなくはない。

「君の、柿という字に郎と書く名前は、どう読むんだ」

「シロウです」

「シロウ、か、なるほどな。ところで晴川くん、突然で申しわけないが、山口明夜には、もう係わらないでくれ」

どこかに予感はあったが、あまりにもの端的さに、目の前の風景が、一瞬に色をなくしてしまう。輪郭を失った意識のなかに、明夜の冷淡な視線が、強烈によみがえる。

「言っている意味が、分かりません」と、流れ出す自我を無理やり塞《せ》きとめ、日射しのなかに足先をおろして、ぼくが言う。「彼女には、なにも、係わっていません」

「係わりたいとは、思っているだろう」

「これまでに三度、会っただけです」

「三度会っただけの、興味のない相手の過去を、君は探偵のように調べるのかね」

うすい目蓋の下から、動揺のない目でぼくの顔を見つめ、耳の下から顎の先にまで、手塚さんが緊張した影を走らせる。

「君が悪いとは、言ってない。山口明夜に興味をもつことも、仕方はない。ただ今後は、会うことはもちろん、電話も手紙も、一切の連絡を遠慮してほしい」

「言っている意味が……」

「何度言っても意味は同じだ。もう彼女には、係わらないでほしい」

「彼女の、本人の、意思ですか」

「僕の意思に決まっている。彼女には知らせてない。彼女に知らせる必要があるとも、思わない」

「突然言われても、困ります」

「二ヵ月前に、僕はやっと、彼女を見つけ出した。それから毎日説得して、最近になってどうにか、走る気を起こさせた。好きだとか嫌いだとか、そんなつまらない感情で、彼女を混乱させないでほしい」

空になっていることは承知で、ぼくはモーニングカップをとりあげ、頬と唇と前歯に、強く押しつける。風の音も競馬場のどよめきも鳥の声も、みんな聞こえているはずなのに、耳に入るのは手塚さんの、低いかすれ声だけだった。

「映画も観たい、旅行もしたい、酒も飲みたい……彼女は、そう言いました」

「そんなことは、いつでもできるよ」

「いつですか？　明日ですか、来週ですか」

「現役を引退したら、いつでもできる」

「十年も二十年も先でしょう。それまで彼女に、毎日毎日、ただ走るだけの生活を？」

「それが山口明夜の宿命だ」

「宿命は、あなたです」と、急に透明感を増した視界に、しっかりと手塚さんの顔を閉じ込めて、ぼくが言う。「走りたければ、彼女は自分で決めます」

「僕は君を、説得しに来たわけではないし、頼みに来たわけでもない」

「それなら彼女も、自由にさせるべきです。走るか、走らないか。ぼくとつき合うか、つき合わないか。そんなことはみんな、彼女の自由です」

手塚さんが眉の形をくずし、柚子《ゆず》の葉先をつまみながら、視線をどこか、空の遠いほうへもっていく。

「世の中には、自分の自由にならない才能をもった人間が、たまにはいるものだ。才能のない人間には、理解できないだろうが」

口のなかで舌打ちをし、自嘲ぎみに頬をゆがめて、手塚さんがコートの肩をそびやかす。

「僕の娘は、ピアノを習っていてね。教師は才能を保証した。母親もピアニストにしようと思った。それで、五歳の子供を椅子にしばりつけた。トイレと食事のとき以外は椅子にしばりつけて、一日中ピアノの練習をさせた。娘はいやがった。泣いたりわめいたり、見ている僕も辛かった。なぜそこまでするのか、母親のエゴではないのか。ピアニストになんか、なれなくてもいい。一流にもならなくていい。なぜふつうの子供のように育ててはいけないのか……しかし、家内は、僕の意見に耳を貸さなかった。理由は『娘には才能があるから』だという。才能は娘のものでも、母親のものでも、僕のものでもない。才能はその才能自身のものだという。当時、僕には、家内の言うことが理解できなかった」

郵便配達のバイクが通って、空気がたわみ、戻ってきた雀が塀に並んで、乾いた声で鳴きはじめる。敷石にできた手塚さんの影が、ゆれながら黒竹《くろちく》の根元までのびていく。

「中学のときに陸上競技を始めて……」と、足の位置を変えながら、苛立ったように腕を組んで、手塚さんが言う。「現役時代も、コーチになってからも、山口明夜ほど素質のある選手には、一度も出会わなかった。僕に使命があるとしたら、それは彼女の才能を、百パーセントひき出すことだ」

「それは……」

「君の意見は、訊いていない」

「たとえ才能をひき出せたとしても、せいぜい一秒か二秒、ほかの人より速く、走れるだけでしょう」

「意味がない、と？」

「意味が、あるんですか」

「世界一速いランナーより、彼女は一秒でも十秒でも、速く走れる可能性がある。意味があってもなくても、可能性を殺すことは、罪になる」

「ぼくには、あなたのエゴとしか、思えません」

「君に判断をしろとは言ってない。山口明夜に係わるな、と警告しているだけだ」

「彼女自身の気持ちは……」

「君にも山口明夜にも、気持ちなんか関係ない。そういう問題とは、次元がちがう」

「彼女は、あなたの道具ではありません」

「彼女の才能も、彼女が勝手に使える彼女の道具ではない。映画を観たり、君とデートしたり酒を飲んだり、そんな無駄使いが許されるような、安っぽい道具ではないんだ」

視界は奇妙に透明で、ぼく自身も奇妙に冷静で、言葉に意味や感情があることが、不思議な現象に感じられる。

「あなたのような人が、世の中にいるとは、信じられません」

「山口明夜ほどの才能がこの世にあるとは、僕にも信じられなかった」

庭石から腰を離し、コートの裾を払ってから、門の方向に視線を向けて、手塚さんがむっつりとうなずく。目が眩しそうに見えるのは日射しのせいではなく、目尻に刻まれたままの、太い皺のせいだろう。

「とにかく、君には関係のない世界なんだよ」と、強引に背中をまわし、門につづく飛び石の前まで歩いて、手塚さんが言う。「理解なんかしなくていい。僕のほうには、覚悟ができている」

「なんの覚悟ですか」

「山口明夜を走らせるためなら、生きていても意味のないアルバイト青年ぐらい、いつでも殺してみせる……そういう覚悟さ」

笑ったのか、照れたのか、横顔に深い翳をつくり、肩を丸めて、手塚さんが静かに庭を横切っていく。

「手塚さん」

鉄の扉に手をかけた手塚さんに、庭までおりていって、ぼくが声をかける。

「金のためですか」

「なんのことだ」

「彼女を利用して、また金を、稼ぐつもりですか」

扉に手をかけたまま、ななめにふり返って、逆光のなかに表情を入れながら、ふっと手塚さんが笑う。

「娘はドイツに留学した。家内とも離婚した。もう僕に、金はいらないんだよ」

扉が開き、紺のトレンチコートが滑り出て、それから金属の触れ合う音が、三秒ほど遅れてやって来る。手塚さんの姿もなく、足音もなく、ぼくは日の射し込む庭に立ったまま、楓に飛ぶ羽虫を茫然と見つめる。松の木にはまだオナガがとまっていて、手塚さんに会ったことも、話をしたことも、まばたきをしている間の、一瞬の幻覚かと思えてくる。

「薔薇と紫陽花の剪定をして、梅と柿の木に肥料をやって、それから、それから……」

居間で電話が鳴っていたが、ぼくがそのことに気づいたのは、独りごとを言い終えてから、ずいぶんあとのことだった。

＊

街路樹も舗道も病院の敷地も、明るさを残したまま、気配は夜になっている。クルマまわしにはタクシーと自家用車が列をつくり、空の車椅子を看護婦が忙しなく押していく。人があふれた待合室では掃除夫が寡黙にモップを動かし、入院患者がパジャマのまま歩きまわる。消毒液と死の臭いが生暖かい廊下に、重く充満する。

ドアをあけると、姉貴はスライド式のテーブルをベッドにひきあげ、ガウンを肩に羽織って夕飯を食べていた。メニューは大根の煮つけにほうれん草の和《あ》え物、鮭の切り身と味噌汁と丼に盛った一膳飯。人騒がせの償いとして、姉貴にもこれぐらいの罰は、仕方ない。

「こんな早い時間に夕飯を食べさせるなんて、この病院、患者と囚人の区別がついてないんだから」

「ホテルではないし、我慢するさ」

「テレビもケータイもCDもダメ。それで消灯が十時なのよ。こんなところに入院してたら、病気になってしまうわ」

テーブルを横にずらして、ベッドの上に座りなおし、缶のウーロン茶を口に運びながら、姉貴が刺《とげ》のある目でぼくの顔を見おろす。

「シロウ、昨夜、高橋が飛んで来たわよ。どうしてあんた、余計なことをしたのよ」

「ちょっと、サービス」

「知らせるなと念を押したじゃない。あてつけがましい女だと思われて、わたしの立場がなくなるでしょう。シロウなんか生まれたとき、しめ殺しておけばよかったわ」

ぼくだって高橋さんに、結論が出てから会いに来るように、と念を押したはずだ。予感はあったが、そんな忠告に従うほど、純情な相手ではなかったのだ。常識が通用するような人なら、最初から姉貴なんかと、面倒な関係にはならなかった。

「それで高橋さんは、なんだって?」と、窓の前まで歩いてから、夜景に変わっていく遠くの空に目をやって、ぼくが訊く。

「ただ飛んで来ただけよ。自殺するなら、自分に断ってからにしろって。いちいち他人に断って、薬なんか飲めないわ」

「結論を出すなら、早いほうがいいさ」

「問題はあいつの誠意なのよ。誠意を示してくれれば、こっちはいつだって、結論ぐらい出してやるわ」

「高橋さんの誠意、ね」

「だからシロウは口を出さないで。大人にはそれぞれ立場があるし、社会的な影響だってあるんだから。こっちはあんたみたいに、遊びで恋愛をしてるわけじゃないのよ」

暗くなった病院の敷地から、ライトをつけたクルマが澱みなく流れ出していく。入ってくるクルマは少ないから、外来の受付は終わっているのだろう。門の外側の道路に、昼間は気づかなかったスナックと鮨屋が明るい電気看板を出している。

「姉さんに、ぼくのことは言えないさ」と、窓ガラスに映る姉貴の顔を眺めながら、サッシの埃に息を吹きつけて、ぼくが言う。

「だって、シロウが余計なことをするから、話がこじれるんじゃないのよ。高橋との関係がこれ以上面倒になったら、あんたの責任ですからね」

「子供のことまで言って、勝手だよな」

「だれの子供?」

「姉さんの子供」

「わたしに子供なんか、いないわよ。姉弟《きょうだい》のくせに、なにを言ってるの」

「高橋さんの子供をおろしたって、この前、言ったじゃないか」

「わたしが?」

「ロックンロードでさ。自分はおろしたのに、高橋さんの奥さんは双子を生んで、だから許せないって」

「そうだったかしら」

「勝手にストーリーをつくるの、やめてくれないかな。ぼくは姉さんみたいに、ロマンチストじゃないんだから」

「酔っぱらって口走ったことまで、信じるほうが悪いのよ。もしわたしが言ったとしても、それはそういう成りゆきだったの。シロウは基本的に、人生勉強が足りないわよ」

姉貴を相手にしていると、どこかで、いつの間にか、論理が混乱してくる。

「そんなことは、いいけどさ」

窓枠に寄りかかったまま思わずため息をついて、ぼくは首を横にふる。

「今日、お袋が来たとき、なにか言ってなかった?」

「なにかって」

「眠れないとか、ヒステリー気味だとか」

「あの人はいつもヒステリー気味じゃない。いやよねえ、更年期をすぎた女って」

「変わった様子は?」

「荷物を置いていっただけ。どうしたのよ。あんたまた、母さんを困らせるようなことでも仕出かしたの」

「ぼくのことでは、ないんだ」

「シロウ以外にトラブルを起こすような人、うちにはいないでしょう」

反論しようかとも思ったが、言葉も気力も、当然のことながら、なにも湧いてこない。

「父さんが、ちょっと、ね」

「親父がなによ」

「浮気。お袋にバレかかっていて、今、やばい」

姉貴が顎をのけ反らせ、切れ長の目を見開いて、ひとつに束ねたセミロングの髪を、さらりとふり払う。

「冗談でしょう。親父になんの権利があって、浮気なんかするのよ」

「姉さん、ぼくとスナックで飲んだときは、父さんが浮気をしてる、と言ったろう」

「あれは一般論よ。まともな男なら一人や二人、外に女ぐらいできる、という意味」

「父さんも、自分がまともな男であることを、証明したかったんだろうな」

姉貴の目がつりあがり、ファンデーションでかためた白い鼻に、蛍光灯の光がいやな色に反射する。切れ長のわりに黒目の大きいその目が、姉貴の人相を、かろうじて可憐な印象に保つ。

「シロウ、あんた、仕返しをしているわけ?」

「なんの話さ」

「わたしが遺書に名前を書いたから、いやがらせをしてるんでしょう」

「姉さんが思うほど、ぼく、暇じゃないよ」

「それなら、なに? まさか親父が、本当に浮気をしている、と?」

「そのためにわざわざ、相談に来たんだよ」

部屋の外に台車を押すような音がひびき、遠い場所からのアナウンスや空調の乾いた音が、単調に伝わってくる。

「ねえシロウ、それ、本当に、本当の話？」

「最初からそう言ってる」

「相手はだれなのよ」

「父さんの会社の人」

「名前は？」

「小谷紀代子」

「何歳《いくつ》ぐらいの」

「姉さんと、同じぐらいかな」

姉貴の赤い上唇がめくれて、右の八重歯がむき出されたが、もちろん目は、笑っていない。

「頭にくるわねえ。その女が親父を、誘惑したわけよね」

「経緯までは、知らない」

「だけどおかしいじゃない。シロウが知ってることを、どうしてわたしが知らないのよ」

「姉さんは、病院で、寝てたから」

「だからって……」

「退院したら相談するつもりだった。でも事情が変わって、意見を聞きに来た」

仕方なく、ぼくは部屋のなかに向きなおり、窓枠に寄りかかって、いやな色に光っている姉貴の目と、正面から向かい合う。

「まさかシロウ、ただの浮気では済まないとか、そういうこと？」

「相手のほうが、ね」

「冗談じゃないわよ。その女、親父に家庭があることは、最初から承知なんでしょう。今さら面倒なことを言うなんて、ルール違反じゃない」

「よくあるケースだけどね」

「他人事《ひとごと》みたいに言わないでよ。相手も相手だけど、親父にも困ったもんだわ」

姉貴の黒いネグリジェとピンク色のガウンが、装飾のない病室になまめかしい違和感を漂わす。枕元の赤い薔薇は奇妙に賑やかで、やり場のない焦燥が居心地悪く、ぼくの背中を通りすぎる。

「二人が本当に愛し合ってるなら、そういうことも、仕方ない気はするんだ」

「そういうことって?」

「父さんと母さんが、離婚すること」

「シロウ、本気で言ってるわけ」

「気持ちの問題は、仕方ないさ」

「馬鹿ねえ。気持ちの問題で片づくなら、わたしだって苦労しないわよ」

姉貴の視線が一瞬横に飛び、壁と天井を伝わって、しばらくためらってから、束ねた髪と一緒にぼくのほうへ戻る。

「それで、具体的には、どういうことなのよ」と、ガウンを肩にひきあげながら、短く鼻を鳴らして、姉貴が言う。

「小谷さんという人が、父さんとの関係を、手紙でお袋に知らせてきた」

「素人のくせに、よーくやるわ」

「手紙は匿名で、父さんもだれかの悪戯だと言っていた。お袋に頼まれて、ぼくが小谷さんに会いにいった。そのときは小谷さんも、否定した。そうしたら昨日、またお袋に電話が来た。名前は言わなかったらしいけど、ぼくは、たぶん、小谷さんだと思う」

「親父は、なんだって？」

「別れるつもりではいるらしい。でも時間がほしいから、ぼくに共同戦線を張れと」

「甘いわねえ。甘い甘い、そんなこと、シロウでは無理に決まってるわ」

「ぼくだって、そう思うさ」

「あんたになにができるの。こういう大事な問題、なぜ最初からわたしに、相談しなかったのよ」

姉貴が前髪をかきあげながら、細かく首をふり、ウーロン茶の缶に口をつけて、ちっと舌打ちをする。

「言っておくけど、わたしはシロウほど甘くないわよ。離婚なんてぜったいに認めない。どんな女か知らないけど、勝手に他人の家庭を破壊したら、警察沙汰にしてやる」

「小谷さんが、一方的に悪いとは、思わないけど」

「理屈はいらないの。シロウの言いたいことも分かってる。でもあんただって、そんな女に親父をとられたくないでしょう」

「まあ、そうだね」

「頼りない返事をしないでよ。親父が遊んだとか浮気をしたとか、それと離婚というのは問題が別なの。直接わたしたちの人生にだって、関係してくるんだから」

「そうかな」

「下手をすれば財産だって、そっくりもっていかれるのよ」

「うちに財産なんか、あったっけ」

「あんたねえ、あの家と土地、いくらすると思ってるの。親父の生命保険だってあるし、このまいけば二人で山分けじゃない」

「そこまでは、考えなかった」

「とにかく理屈じゃないの。せっかくの平和な生活をかき乱されるのが、いやなの。シロウだって家がなくなったら、一人で生きていけないでしょう」

「そうかも知れないな」

「親父にはわたしが言い聞かせる。あんたはわたしが退院するまで、母さんを見張っていなさいよ。あの人、つまらないことで大騒ぎするし、へんに思いつめるところがあるんだから」

姉貴の不気味に光る目を見返し、うなずきながら、それでもぼくは、頭のなかで状況を分析する。専門の問題は専門家に任せる。それは道理なのだろうが、やはりいやな感じは残っている。姉貴の「理屈ではない理屈」で押し切れる相手と、押し切れない相手がいるとしたら、小谷さんは、どちらの部類だろう。

「なんだか知らないけど、食欲がなくなったわ」と、ウーロン茶の缶をテーブルに置き、小さく背伸びをして、姉貴が言う。「シロウ、この食器、片づけてくれない。エレベータの横に配膳室があるわ」

「ついでにぼくは、帰るよ。小谷さんのことを、報告に来ただけだから」

姉貴の視線を受けたまま、ぼくはサイドテーブルからプラスチックの盆をとりあげ、すっかり疲れた気分で、ベッドから離れる。髪がひとつに束ねられている以外、姉貴の化粧は立派なもので、黒いネグリジェにピンク色のガウンというコスチュームも、失礼なほど決まっている。自殺未遂の病人が、家族のなかで一番気合いが入っている、という事実は、なんの皮肉だろう。

「姉さん、本当は、どうだったのさ」

「なんのことよ」

「睡眠薬」

「睡眠薬の、なに？」

「飲んでも死なないこと、本当は、知っていたんだろう」

姉貴がぼくに近いほうの目を、神経質に見開き、その視線を天井に這わせて、低く息をつく。そうやって何度か呼吸をするあいだにも、ファンデーションで武装した顔は、影すらつくらない。

「シロウ、わたしの赤いワンピースが、クリーニングに出てるのよね」

「ふーん、そう」

「銭湯のとなりのクリーニング屋。茶簞笥の抽斗《ひきだし》に預かり証があるから、出しておいて」

「それだけ？」

「それだけよ」

「そうか、それだけ、ね」

色彩の乏しい病室に、ベッドの上の姉貴だけが、異様なほど鮮やかに見える。窓の向こうには貧弱な夜景がのぞき、空調のとり入れ口には埃がゆれている。姉貴のことも、親父のこともお袋のことも、二十二年間つき合ってきて、要するにぼくには、なにも分かっていないのだ。それと同じ理屈で、たぶん相手にも、ぼくのことは分からない。

「ボーナスが出たら、シロウ、青山でおごってあげるわ」と、枕元からファッション雑誌をとりあげながら、気楽に髪をふって、姉貴が言う。

「今までの借金も、帳消しだといいな」

「そこまでは虫がよすぎるわ。あんたが出世したら、倍返しの約束だもの」

「倍返し、か」

「とにかくね、母さんのことは頼んだわ。ああいう人が思いつめると、あとが面倒なの。あんたは見張るだけで、余計なことはしなくていい。シロウは昔から、女より神経が細いんだから。だからわたしと高橋のことも含めて、面倒からは遠ざかっていることよ」

＊

星はちゃんと見えているのに、相変わらず空気は生暖かい。季節のプロセスもぎこちないし、もしかしたらこのまま冬は来ないのかと、つい疑ってしまう。公孫樹《いちょう》や欅《けやき》は青いままで、街燈にはまだ夏の羽虫が飛んでいる。そういえば荒川の土手には、秋のバッタに混じって、モンシロ蝶まで飛んでいた。

上井草の駅から路地を二丁目に入り、『かすみ荘』の前まで来て、二階の北端を、ぼくは冷静に見あげる。ドアからつづく台所の窓に明かりはなく、２０４の郵便受けにはダイレクトメールの封筒がのぞいている。それでもぼくは、外階段から二階へあがって、人気《ひとけ》のない部屋のドアをノックする。思ったとおり応答はなく、階段をおりて、道を駅の方向へ戻る。前に来たときはあれほど緊張したのに、今日は再放送のテレビドラマを観るような、奇妙な静けさがある。

駅に戻ったときには八時をすぎていて、二本ほど電車を待ってみたが、小谷さんは姿を見せず、ぼくは駅前の食堂で夕飯を済ませることにする。今夜中に会えればいいし、会えなくてもそれまでのことだ。家族の現状を維持しようという努力に、どれほどの意味があるのか。それでも自覚的に足が上井草へ向かったのは、親父やお袋や姉貴に対する、遺伝子的な愛着なのだろう。

二十分で食事を済ませ、食堂で時間をつぶす気にもならず、駅へ戻って、ぼくは改札の手前でまた小谷さんを待ちはじめる。途中で一度、電話帳にのっていた番号に電話を入れてみたが、電話は『留守』になっていた。

九時をだいぶすぎ、ぼんやり立っていることにも飽きてきたとき、改札口に二十人ほどの乗客が吐き出されてきた。その人込みに混じって、小谷さんがベージュのスーツに黒いショルダーバッグで、無表情に歩いてくる。ぼくと視線が合っても表情は変えず、ぼくの行動なんか最初から見抜いている、というような、妙な落ち着きがある。

「待っていたらしいわね。連絡をくれれば、早く帰ってきたのに」

「どうせ、暇ですから」

「そういう言い方、わたしは嫌いなの。暇に飽かして待っていられても、嬉しくないわ」

「誠意は認めてください」

「あなたの誠意を認めると、いいことでもあるのかしら」

「ビールをおごります」

「安い誠意なのねえ。それぐらいの誠意なら、だれにでも示せるわ」

小谷さんが首をかしげて、皮肉っぽく笑い、視線でぼくを誘うように、駅前を南側の路地へ歩きだす。アパートとは別な方角だから、ついて来い、という意味だろう。どんな店に行くにせよ、そこの勘定は必要経費として、親父から徴収してやる。

小谷さんがぼくを連れていったのは、商店街の路地を深く入り込んだ、狭くて細長いスナックだった。薄暗い照明のなかにオールデイズのジャズが流れ、バーボンとスコッチの瓶が棚の全面に、きっちりと押し込まれている。マスターも髪をオールバックにした中年の人だったが、場末のスナックという意味では、『ロックンロード』と似たような雰囲気だ。

客は勤め人ふうの男の人だけで、ぼくたちはカウンターの椅子に並んで座り、マスターがおしぼりを出してくるまで、気まずく黙り合っていた。近況を報告しあう間柄ではないし、天気を話題にするほど、ぼくにも余裕はない。

「水割りでいいでしょう。心配はいらないわ。フリーターにおごらせるほど、お金に困ってはいないから」

キープしてあるスコッチで、マスターが水割りをつくり、それぞれのグラスを手にとって、一度だけ、小谷さんが無愛想にうなずく。素面《しらふ》で話しあえる話題でないことぐらい、どうせ小谷さんにも、分かっている。

「遠まわりをして、必要以上に、面倒になりました」と、グラスを手のなかに置いたまま、背中にジャズのＢＧＭを素通りさせて、ぼくが言う。

「本当はかんたんなのよ。でもあまりかんたんだと、ゲームにならないでしょう」

「小谷さんにとっては、今度のこと、ゲームですか」

「たとえで言っただけ。理屈はかんたんでも、駒を動かすのが難しいゲームもあるわ。だから迷ったり、悩んだりするの」

一般論としては、分かる気もするが、ぼくが訊きたいのは親父と小谷さんの関係で、比喩でも言葉の抽象論でもない。親父と小谷さんはどういう関係で、小谷さんはなにを望んでいるのかという、それだけのことだ。

「この前ぼくが部屋を訪ねたとき、小谷さんは手紙のことを、悪戯か冗談だと言いました。あのことは、訂正しますか」

「わたしと部長のことは、だれも知らない。気づかれないように注意をしてきたから。わたしは、疲れるほど、注意をしてきたわ」

「つまり……」

「部長から聞いたでしょう。シロウくんが思っている、そのとおりよ」

この前は率直に否定したり、今日は呆気なく認めたり、この人は、どこまで本気なのだろう。

「理由が、ぼくには、分かりません」

「本当に分からないの」

「今まで隠しつづけてきたことを、なぜ突然、バラす気になったのか」

「疲れたと言ったでしょう。人に気づかれないように、知らないお店で食事をして、知らないバーでお酒を飲んで、知らないホテルに入るの。わたしのことはだれも知らない。もし手紙を書かなかったら、シロウくんもお母さまも、だれもわたしの存在になんか、気づいてくれなかった」

「そんなことが、理由ですか」

「存在しているのに、存在していないことにされてしまう。生きているのにこの世にはいないわたしって、それなら、だれなの」

「小谷さんは、小谷さん以外の、だれでもないはずです」

「愛している人と一緒に暮らしたい。その人と世界を共有したい。共有しているその世界を、まわりの人に認めてもらいたい。当然のことだわ」

「父を、愛している、と?」

「愛していたらおかしいかしら。シロウくんには分からないでしょうけど、女は愛してもいない人と、一年もこんな関係はつづけられないものなの」

小谷さんが舌の先で上唇をなめ、流し目の視線がぼくの顔を素通りして、酒瓶の並んだ棚へ移る。親父を愛している、と言うなら愛しているのだろうが、その愛だけを存在理由にするほど、小谷さんという人は、純情なのだろうか。

「この前は否定して、お袋にも心配しないように、と言ったはずです」

「あのときはそう思ったのよ。手紙なんか出してしまって、ご家族にも迷惑をかけたなって」

「それが、どうして」

「気が変わったの。部長には心配してくれる奥さんや、子供がいる。でもわたしにはだれもいない。一人で部屋へ帰って、一人でテレビを観て、今度部長に会えるのはいつだろうって、考えるのはそのことだけ」

「小谷さん、何歳《いくつ》ですか」

「二十六だけど、どうして？」

「そんなに若くて、なぜ父と？」

「変わった質問をするのね。なぜわたしが人間で、なぜ生きてるのかって、それと同じことを訊いているのよ」

「つき合ったり、結婚したり、そういうことに相応しい相手は、いくらでもいるでしょう」

「シロウくんは人を好きになるとき、最初に理屈を考えるの？」

「今は、ぼくのことでは、ありません」

小谷さんの無感動な目がぼくの顔を見つめ、うすい下唇の中心に、皺が強く集中する。この人の平板で素直な顔は化粧や衣装で、たぶんどうにでも、印象が変わってしまう。

「もしシロウくんが、愛を知らない人だったら、話しても意味はないわね」

「ぼくには、小谷さんが父に執着する理由が、分からないだけです」

「愛は執着だということが、シロウくんには分かっていないわ。理屈に合うか合わないかではなくて、好きか嫌いかという、それだけのことなのに」

グラスの氷が、小谷さんの手のなかでかたい音をたて、少し癖のある化粧品の匂いが、息苦しくぼくの鼻腔を刺す。飲んでいるウィスキーに酔いの予感はなく、歯切れの悪い苛立ちに、小谷さんには見えない角度で、ぼくはひっそりと欠伸をする。

「ぼくに、分からないのは……」と、二つのグラスに小谷さんがウィスキーを足すのを待ってから、頬杖で唇を隠して、ぼくが言う。「小谷さんは、要するに、なにを望んでいるわけですか」

「最初に言ったとおりよ。男と女のことって、本質的には単純なの。好きな人といつも一緒にいたい。独占したい。相手の人にいつも自分だけを見ていてもらいたい。それだけのこと」

「その結果、相手の家庭が、崩壊しても？」

「わたしが愛しているのは部長だけよ。あなたやお母さままで、愛してはいないわ」

「父の気持ちは、確認しましたか」

「部長もわたしと同じ気持ちよ。いつも、わたしと暮らしたい、とおっしゃる」

「母とは別れると？」

「そのつもりでいる、と言ってくださる。シロウくんやお母さまにとっては、ご不満でしょうけどね。もう家族への義務は果たした。新しい人生を始めたい。それが部長の口癖よ」

「父も相手によって、口癖を変えるようです」

「どういう意味かしら。部長がわたしを、愛していない、ということ？」

「愛については、ぼくには分かりません。毎日考えてはいるけど、愛のことは、やはり分からない。でも父と母は、三十年も一緒に暮らしてきた。ぼくや姉を育てて、家も二人で建てて、ローンも二人で払ってきた。そういう家庭を、かんたんに放り出せるとは、思えません」

小谷さんのうしろ髪がスーツの肩を流れ、口紅のはげた下唇がゆがんで、光を吸い込んだ強い視線が、しばらくぼくを凝視する。その表情が不安なのか、困惑なのか、怒りなのか、判断はできない。

「シロウくん、部長に、なにか言われたの？」

「なにも……」

「わたしに、別れ話をしてこいとか」

「ぼくは父から、小谷さんとの事実を聞いただけです。今日会っていることは、だれも知りません」

「それが本当なら、似たもの親子ね。都合の悪いことはいつも、だれにも知られないようにする」

「父の気持ちが本物で、小谷さんにも確信があれば、静かに父を待っているはずです」

「映画のラブストーリーではないのよ。待てば待つだけわたしは、歳をとる。来月は二十七で、来年は二十八。ただ歳をとっていくだけのわたしの人生に、だれが責任をもってくれるの」

「親父に責任を、とらせたい？」

「当然でしょう。この一年間、わたしは自分の時間をすべて部長にささげてきた。これ以上黙って、なにを待ったらいいわけ」

つき刺さる小谷さんの視線を、横顔の皮膚で受けとめ、呼吸をととのえてから、その視線をぼくは、ていねいに押し返す。

「父とは関係のない、小谷さん自身の生活は、ないんですか」

「やっぱり別れ話じゃないの。シロウくんの判断？　それとも部長のご意向？」

「二人が本気なら、ぼくに口を出す資格はありません。嬉しくはないけど、母との離婚も仕方ないと思います。でももし、どちらかに躊躇があるとしたら、代償が大きすぎます」

「上手な言い方をするのねえ。部長に離婚する意思はないと、はっきり言えばいいじゃない。シロウくんはそのことを、今夜わざわざ、言いに来たんでしょう？」

「ぼくは、当事者では、ありません」

「それなら口出しは無用よ。わたしと部長だけの、二人の問題だもの」

「ぼくも当事者ではないけど、母も当事者ではありません。親父と小谷さんだけの問題なら、手紙や電話は、ルール違反です」

小谷さんの睫《まつげ》が動いて、化粧のはげた小鼻のわきに、うっすらと赤い毛穴が浮きあがる。

「父の本心に、本当は小谷さんだって、気づいているはずです」と、小谷さんから視線を外し、自分の言葉を嫌悪しながら、それでもなぜか冷静に、ぼくが言う。「父が許せないなら、父だけを責めてください。父が小谷さんを騙したのなら、罪の償いもさせてください。でもそれは、あくまでも、二人だけの問題です」

「二人だけで解決できていたら、わたしだって、あんなことはしていない」

「離婚させて、無理やり一緒になって、父か小谷さんか、母かぼくか姉か、だれか一人でも、幸せになりますか。それぞれの立場で、全員が、不幸になるだけです」

「それぐらいのこと、分かっているわよ。でも知らん顔をして、なにもなかったように部長をお返ししたら、わたしはどうなるの。部長と部長のご家族だけが幸せになって、わたし一人が不幸になるのよ。そういうことは、ルール違反ではないの？」

「小谷さんは勘違いをしています」

「どこがどういうふうに、勘違いかしら」

「父と小谷さんが別れたとして、ただ日常が戻るだけです。ぼくも母も姉も、幸せになるわけではありません」

「でも……」

「トラブルが広がらなかったという、それだけのことです。もちろん、小谷さんと別れる父だって、幸せにはなりません」

小谷さんのパッドの入った肩が、左右に小さくゆれ、白いブラウスの襟から金色のネックレスが、細くかがやき出す。ぼくの言う理屈ぐらい、小谷さんだって承知しているはずだが、認めるか認めないかは、気持ちの問題なのだろう。親父に責任があるとすれば、小谷さんと関係をもったことより、小谷さんの心をかたくなにさせた、そのことにある。

「まいったわねえ。応援団までくり出されて、わたしに、勝ち目は、ないみたい」

「ぼくは、だれの応援団でも、ありません」

「わたしを応援してくれなければ、結果的に、部長の応援団になってしまう」

「小谷さんの肩をもつわけにも、いきませんから」

「それはそうよね。シロウくんにはシロウくんの立場があって、その立場に、従っているだけですものね」

「小谷さんなら、どういうふうにでも、幸せになれます」

「お世辞はいいのよ。あなたに言われなくても、自分のしていることは分かっている。わたしも、疲れていたみたい。東京での一人暮らしって、やっぱり疲れるわ」

小谷さんの髪が頬にかかり、額と鼻の頭を残して、ぼくの視界からその表情が消える。

「小谷さん、故郷《くに》は、どこですか」

「青森、五所川原という小さい町。知ってる？」

「いえ」

「雪が多くて、寒くてね。東京に出てきたころは、冬が暖かくて嬉しかった。冬が暖かいというだけで、幸せになれそうな気がした……七年もわたし、一人で、なにをしてきたのかしら」

ぼくの手のなかでグラスが震え、コースターの水滴が、罪の意識と一緒に、躊躇《ためら》いながらにじんでいく。マスターの吸うタバコの煙が、カウンターの遠くを、輪になって流れ去る。ジャズのトランペットが頭の芯につき刺さり、ぼくは悪寒を感じて、ジャケットの襟を重ね合わせる。おさえていた怒りが発作のようによみがえったが、それは小谷さんに対する怒りではなく、わけの分からない、空虚さに対する怒りだった。

「そろそろ、故郷、雪が降るころだわ」

「そうですか」

「冷たくて、暗くて、春になると雪解けが汚くて、わたし、嫌いだった。四年も帰っていないけど、今度のお正月は、帰ってみようかな」

怒っているくせに、やはりぼくは悲しくて、空になったグラスを、強く掌に包みつづける。酔うはずのない酒を飲むことの腹立たしさに、ぼくの我慢が、限界を超えてくる。

ぼくはグラスを置き、顔をあげた小谷さんに、カウンターを離れながら、深く頭をさげる。言葉も思いついたが、口に出す気にはならず、カウンターに頬杖をついた小谷さんを残して、店を出る。生暖かい夜の空気に雪の冷たさが錯綜して、道にころがっていたジュースの空き缶を、スニーカーの先で、ぼくは、ぽーんと蹴飛ばしてやる。

*

「もしもし。昨日は、ごめん」

「うん」

「怒らせるつもりは、なかった」

「謝る癖、やめたら?」

「そうだな、きみ……」

「なあに?」

「寝ていた?」

「まだ」

「アルバイトは?」

「まだ」

「突然、思いついた」

「なにを」

「きみの名前」

「なんのこと?」

「初めて会ったとき、きみは、おかしい名前だと言った」

「そう?」

「突然思いついた、白夜のことかなって」

「ふーん」

「当たったろう」

「親父が捕鯨船に乗っていて、グリーンランドにいたとき、わたしが生まれたの」

「そうだと思った」

「わざわざ、そのことを？」

「そう」

「それだけ？」

「できれば、会いたい」

「デート？」

「うん」

「明日？」

「うん」

「それならわたし、帝釈天《たいしゃくてん》がいいわ」

「帝釈天？」

「映画で観たことがあるの」

「ああ、そうか」

「正午《ひる》ぐらいに」

「それなら一時に、柴又の駅で」

「分かったわ。おやすみ」

「あ……」

「なあに」

「なんでもない……おやすみ」

7

　お袋が干している庭の洗濯物に、塀の向こうから乾いた光が射してくる。夏のような雲が鮮明な輪郭で青い空に浮かび、色のうすい公孫樹《いちょう》の葉が低い空を飛んでいく。黄色くたれた柚子の実は華やかで、咲き急いだ山茶花《さざんか》が伊吹《いぶき》の前で赤い花を咲かせている。洗濯物を干しているお袋は、ぼくが生まれたころからお袋で、ぼくが生まれたころから、同じおかっぱのような髪型をしていた。いつからお袋の髪に白髪が混じっているのか、頰の縦皺が太くなっているのか、思い出そうとしても、記憶は今の現実に、すっと吸いとられてしまう。

「お天気がつづくからいいけど、喜衣に入院されると、洗濯物が増えて大変だわ」と、空になった洗濯かごをベランダの柱にひっかけ、廊下のほうへ戻りながら、お袋が言う。

「いく日でもないさ。一週間の予定だから、来週には退院するよ」

「病院って、宅配便を扱わないのかしらねえ。洗濯物をもって帰ったり届けたり、面倒なことだわ」

　踏み石にサンダルを脱ぎすて、お袋が廊下にあがって、エスキモーブーツのようなソックスで居間へ歩いていく。ぼくは冷めたコーヒーをひとすすりしてから、日射しのなかで、ふわっと欠伸をする。親父は暗いうちにゴルフへ出かけたというし、どうせ夜も飲んでくる。小谷さんの件をお袋に報告するわけにもいかず、デートの予定を自慢するわけにもいかず、辛いような嬉しいような、罪深い気分になる。眠いのか走り出したいのか、自分の気分と体調を、ぼく自身、まるで理解していないのだ。

「シロウ、お昼食《ひる》はどうする？　お蕎麦でもとってみる」

「ぼくはいい。出かけるから」

「あら、アルバイトでも見つかったの」

「アルバイトは、なかなか、ね。日本の景気はぼくが思ってたより、深刻らしい」

「そうかしらねえ。お友達の奥さんなんか、大宮にブティックを出したわよ。お客もたくさん来るって」

「そのブティックに、勤めようかな」

「まともに他人《ひと》と話もできないくせに。シロウにお客商売ができるなら、喜衣なんか漫才師になれるわ」

お袋の姉貴に対する評価は、いつも多少、うがちすぎる。言葉のはずみというより、気持ちのどこかに女として、姉貴の生き方を羨む部分でもあるのだろう。

「シロウが出かけるなら、わたしも買い物にいくわ。お歳暮も考えなくてはならないし」

「姉さんが、クリーニング屋から、ワンピースを出しておくようにってさ」

「昨日はなにも言ってなかったけど」

「夕方、ちょっと、病院へ寄ってみた」

「あら、行かないと言ったじゃない」

「姉弟だし、やっぱり義理もあるから」

「仲がよくて結構だわねえ。あなたが不良にならないのが、不思議なぐらいだわ」

「銭湯のとなりのクリーニング屋。預かり証は茶簞笥の抽斗《ひきだし》」

「そんなもの、退院してから、自分で出させればいいわよ。クリーニング屋は夜逃げをしないもの」

「頼まれたから言っただけさ。父さんは、今夜も遅いのかな」

「接待ゴルフだというから、早いはずはないわね」

「例のこと、なにか、言ってた？」

「関係ない、の一点張り。関係はなくても、責任はあるのにねえ」

「悪戯や中傷は、父さんの責任ではないさ」

「そうは言うけど、隙を見せた責任は、やっぱりあるわけじゃない？　まったく、思い出すだけで腹が立つわ。うちの人間って、どうしてみんな無責任なのかしら。娘は我儘で自分勝手、息子は仕事もしないでぶらぶら。大宮のデパートでバーゲンをやっていたら、だれが責任をとってくれるのよ」

　お袋が居間から台所へ入っていき、ぼくはまたコーヒーをすすって、飛んできたシジミ蝶に、長く口笛を吹きつける。「小谷さんの問題は片づいたよ」とも言えないし、もちろんデパートのバーゲンにも、責任はとり切れない。だれに責任があるのかは知らないが、少なくとも親父は、それなりに、ペナルティーを払う必要がある。

*

柴又へ行くには上野から京成線を乗りつぐ方法と、日暮里で常磐線に乗り換え、金町から船橋方向へ戻る行き方がある。

歩くたびに、電車を乗りつぐたびに、ぼくの躰は淡々と柴又に近づいていく。頭のなかには不安と確信が背中あわせに同居し、心静かな瞬間もあれば、足がもつれて顔が火照ることもある。昨夜の電話も今日のデートも、行動様式は自覚できるほど破綻している。それでもそういう無茶をやってしまった自分に、ぼく自身はひそかに、喝采をおくっている。

ぼくは京浜東北線に乗ってから、停車駅の少ない常磐線経由を選び、隅田川も荒川も越えて、金町から柴又に出た。山口明夜は先についていて、改札横の壁にグレーのショートジャケットで寄りかかっていた。パンツは色気のないジーンズ、ジャケットの下も白いブラウスで、近所へ買い物に出たついでにちょっと柴又までまわってみた、というような感じに見える。ぼくは根拠もなくスカート姿を期待していたが、そういえば明夜の部屋で、スカートは見かけなかった。

明夜は顔をあげず、ぼくのほうは声のかけ方が分からなくて、すぐ横まで歩いてから、その骨張った肩に、そっと手を置いてみる。明夜の二重の目が寝起きのように見開かれ、やっとぼくとのデートを思い出した、というように、小さい顎がジャケットの襟に、ゆっくりと沈む。

「待たせてしまったな」

「電車を二つだけよ」

「考えてみたら、赤羽で会えばよかった」

「そうね」

「赤羽で会えば、それだけ長く、一緒にいられたし」

「でもけっきょく、来る場所は同じだったわ」

風はなく、駅前の空は埃が浮いたように霞んでいて、軒を接した家々の屋根に汚れた鳩が雑然とたむろする。柴又には子供のころ来た気もするが、いつだったのか、だれと来たのか、思い出せない。

「帝釈天なんて、久しぶりだ」と、人の流れる方向に歩き出しながら、明夜のピンク色にぬった唇に、思わず感動して、ぼくが言う。

「わたしは初めて。映画はテレビで観たことがあるけど、あの映画、だれがつくったの」

「山田洋次」

「黒澤明ではないの」

「似たようなもんさ」

「ビデオ屋へ行っても、数が多すぎて、なにを観ていいのか分からない」

「棚に並んでいる映画を、ぜんぶ観ればいい。それで面白かった映画が、いい映画さ」

駅前から路地を少し歩き、信号のある交差点をわたると、そこから先が参道になる。道幅の狭い門前町が人の頭越しに騒然とつづき、休日のせいか、おばさんのグループが何組も、声高に闊歩する。明夜はしばらく口を開かなかったが、歩き方に屈託はなく、団子屋や佃煮屋の店先では足をとめるほど、率直な好奇心を見せてくる。荒川の土手を走る明夜と、人面焼き煎餅を二枚も買った明夜とのあいだにどういう一貫性があるのか、不可解でもあり、可笑しくもある。忘れているはずもないだろうに、昨日の電話でも今日会ってからも、明夜はカーテンの件に、なにも触れてこない。

参道を途中まで歩いたとき、道の左手に人垣のできている場所があって、ガラス窓の向こうで男の人がなにやら、白い縄のようなものをふりまわしていた。店先に白褐色の飴が売られているから、なかの職人は製造実演を見せているのだろう。

明夜が人垣のなかに立ちどまり、煎餅の袋をぶらさげたまま、飴棒がふりまわされるたびに細くなっていく過程を、じっと観察しはじめる。集まっている年寄りは実演の鑑賞など十秒で済ませ、独りごとの感想を呟きながらそれぞれ、次の店へ移っていく。

「そういえば、子供のころ、金太郎飴の工場を見たことがある」

「金太郎飴って？」

「飴の切り口が金太郎の顔になってるやつ」

「へんな飴ね」

「今でも駄菓子屋なんかには、あると思う」

「その飴が、なあに」

「つくられるところを見ていたら、悲しくなった」

「どうして」

「切られても切られても、金太郎は、そのたびに、同じ顔で出てくる。そういう金太郎が、なんだか、可哀そうだった」

明夜がぶらりと煎餅の袋をふり、ちょっと眉をひそめて、ジーンズの足を先にすすめながら、肩で息をつく。

「あんたって、やっぱり、変わってるわ」

近くを七五三の子供が父親に手をひかれていき、そのうしろで年寄りの団体が、東北弁をやかましくまき散らす。特別に背が高いわけでもないのに、明夜の短い髪と背筋ののびた腰高の体型が、人混みのなかに鮮かな輪郭を浮かべてくる。

帝釈天のすぐ近くまで来ていたが、明夜は電車を二つぶん、ぼくよりも長く立っていたのだ。強靭な足腰は承知していても、休ませずに連れまわすことがデートの礼儀に適《かな》っていないことぐらい、ぼくにも分かっている。それにぼくだって、形式ぐらいは、明夜と向かい合って食事をしてみたい。

参道には団子屋と茶店以外に適当な店はなく、帝釈天見物はあとまわしにして、ぼくらは寺の境内を右手側に迂回する。人通りが少なくなり、観光地ではない柴又の日常が、ひょっこりと顔を出す。パーマ屋や下駄屋の並びに喫茶店の看板もあらわれ、その先には『もんじゃ焼き』の暖簾《のれん》も見えている。デートなら理屈を言わずに、しっかりと、素直にデートをすればいいのだ。

紺の地に白抜きの文字が入った暖簾をくぐると、六つほどのテーブルはまばらに埋まっていて、ぼくらは調理場との出入り口に近い席に腰をおろした。狭い店には油や醬油の焦げる匂いが充満し、タバコの煙と客のざわめきを換気扇が、からからと掻きまわす。

ぼくが『帝釈天スペシャル』という名前のモンジャを選び、明夜にも一任されて、海老ミックスと野菜炒めと、それから一瞬熟考して、ビールも注文する。高校生ではなし、昼間からビールを飲んだところで、社会的に非難される行為でもないだろう。

ビールが来て、明夜が背筋をのばしたまま店のなかを見まわし、ひとつくしゃみをする。デイパックもハンドバッグももっていないから、今唇にぬられているピンク色の口紅は、ジャケットのポケットにでも入っているのだろう。

「どうでもいいけど……そうか、晴川くんには、どうでもいいことなんか、なかったのね」

「そうでもないさ。金太郎飴のことは、どうでもよかった」

明夜が肩をすくめ、前髪を軽く指で払って、あいまいに笑う。右目蓋に散っている星のようなソバカスに、ほんの少し、色が浮く。

「わたし、モンジャは初めてよ。たぶん故郷《くに》には、ないと思う」

「月島へ行くと、町じゅうでモンジャをやってる。昔は子供のオヤツだったのにな」

「モンジャって、なぜモンジャというの」

「もともとは文字焼きだったらしい。駄菓子屋の爺さんや婆さんが、子供を相手にうすく溶いたうどん粉で、鉄板の上に文字を書いて教えていた」

「あんたって、物知りね」

「暇なだけさ。金太郎飴のことも、モンジャのこともゾウ虫のことも、知っていたからって、役には立たない」

明夜がビールに口をつけ、躊躇もなく飲みほして、飲み方を自慢するように、唇から白い歯をこぼれさせる。故郷の話に相槌をうってしまうと『走人』を調べたことも、手塚さんに会ったことも、気づかれる可能性がある。触れなくて済むものなら、できれば今は、その話題に触れたくない。

モンジャや野菜炒めが来て、ぼくが解説をしながら手本を示し、明夜もはがしというヘラを使いはじめる。具で土手をつくってまんなかに汁を流し込む手順なんか、まじめに解説するのも馬鹿ばかしいが、そういう馬鹿ばかしさに恥を感じない自分が、今は少し、嬉しい。

「昨夜の電話……」と、ジャケットの袖を肘の下までたくしあげ、ヘラで具を掻きまわしながら、明夜が言う。「わたしの名前が白夜に関係あること、どうして分かったの」

「自分の名前を訊かれたとき、閃いた」

「柿の木で白夜が閃いたの」

「そう」

「変わってるわね」

「連想は得意なんだ」

「わたしは苦手だわ」

「お父さんは、まだ捕鯨船に？」

「わたしが高校生のとき、結核で死んだの」

「結核なんかで、まだ人が死ぬんだな」

「風邪で死ぬ人もいる。盲腸で死ぬ人もいるわ。友達では日射病で死んだ子もいる」

明夜が眉を片方だけへの字にゆがめ、鼻先を右側に曲げて、悪びれもせずに微笑む。

「そういえばお姉さん、どうしてる？」

「元気に入院している。来週には退院するけど」

「お姉さんも晴川くんも、変わってるわ。東京の人って、変わった人が多いみたい」

ぼくの家は浦和だから、正確には、東京ではない。しかしそんな理屈が明夜にとって面白いはずはなく、それに姉貴の件を出されると、反論もできなくなる。

鉄板の上が活況を呈しはじめ、会話より手の動きに神経を集中させる場面になる。モンジャは一気に焼きあげ、一気に食べてしまうのが極意なわけで、デートに相応しい食事ではなかったことを、ぼくは少し反省する。渋谷か新宿ならエスニックレストランも知っているし、もしもう一度デートをやりなおせるなら、ぼくはカメラを売ってでも、資金を調達する。

「きみ……」と、不器用な手つきでヘラを動かす明夜に、奇妙な頼りなさを感じて、ぼくが言う。

「友達をつくるの、嫌いみたいだな」

「そうなのかな」

「そう見える」

「晴川くんは？」

「おれは、自然に、少ない」

「わたしも同じよ。無理に友達がほしいとは思わないわ」

「淋しくないの」

「淋しいから友達をつくるのって、相手に失礼でしょう。淋しいだけなら一人で我慢できるわ」

「マラソンは孤独な競技だから？」

「生まれつきの性格よ」

「おれと気が合うかも知れない」

「そうかしら。わたしは変わった人って、苦手だけどね」

「デートの場所に映画やコンサートより、帝釈天を選ぶやつも変わってるさ」

明夜のうすい耳たぶが赤く染まり、鉄板の上では海老や玉葱《たまねぎ》の焼ける平和な音が、気楽なリズムで跳ねつづける。明夜は口を開かず、緊張とはちがう決まりの悪さで、ぼくはしばらく、思考を放棄する。

「白状するけど、わたし、こういうふうにデートをするの、初めてなの」と、割り箸を小皿の上に置き、唇の端を自嘲っぽく笑わせて、明夜が言う。「映画のことも知らない。音楽のことも金太郎飴のことも、なにも知らない。わたしとデートをしても、楽しくないでしょう」

明夜の言葉が本当なら、柴又まで来たのは、単純にデートをしてみたかったから、ということになる。手塚さんからの連絡は受けていないらしいが、その結果を素直に喜んでいいのかどうかは、分からない。

「晴川くんは今、退屈してるものね」

「どうして」

「見れば分かるわ」

「勝手に決められても、困るな」

「ただの常識よ」

「そういうのは、傲慢だと思う。デートをして楽しいか楽しくないかは、相手が決めることだし」

「それなら早く決めて」

「おれ、忙しいのは、苦手なんだ」

「ぐずぐずする人って、わたし、嫌い」

「それなら、決めた」

「やっぱり、退屈？」

「まさか。本当を言うと、最初に高田馬場で会ったときから、おれはきみのことを考えるだけで、毎日が楽しかった」

明夜の混乱した視線が、混乱したままぼくの顔からはずれ、あとはゆれる波でも見つめるように、ゆらゆらと漂いはじめる。ぼくは長いあいだ息をとめてから、ビールの残りを飲みほし、目を閉じて、頭のなかで深呼吸をする。客観的には『愛の告白』とかいうのをやってしまったわけで、しかしそんな大事なことを、なにもモンジャを食べながら言わなくても、いいではないか。

明夜がゆっくりと視線を戻してきて、たった今珍しいものでも発見したように、ゆっくりと目を見開く。

「晴川くん、見かけより、大人なのね」

「きみに会ってから、毎日訓練をしていた」

「大人になることを？」

「目の前の問題に、ひとつずつ結論を出していくこと」

「目の前の問題にひとつずつ結論を出すと、大人になれるわけ？」

「どうだかな。でもきみと知り合う前より、自分では少し、大人になったような気がする」

モンジャが焼けすぎないように、ぼくはガスの火をとめ、ビールと鉄板の熱で火照っている頬に、冷たいおしぼりを押しつける。

「やっぱり、晴川くん、変わってるわ」

「そうかな」

「少なくとも今まで会った人のなかでは、一番変わってる」

「そのうち慣れるさ。おれなんか自分に慣れるのに、二十二年もかかった」

明夜がその強情そうな唇を、初めて素直に笑わせ、目でため息をついてから、とり出したハンカチで顎の下を押さえる。鉄板はまだ名残りの熱を放射していたが、汗をかくほどではなく、明夜の感じている暑さは、できればぼくと同じ、心理的なものであってほしい。


それからしばらく、二人で黙々とモンジャを片づけ、ぼくのほうは冷汗もかいたことだし、外の空気が吸いたくなって、店を出た。どこか遠くのほうに手塚さんの影は感じても、そんなものが罪の意識にまでふくらむには、世界が平和すぎる。明夜も定番の屈託は見せず、口紅までぬりなおしてきて、素直にぼくのとなりを歩いてくる。ぼくたちが単純に、仲のいい恋人同士だったとして、どこがどういうふうに、問題なのだろう。

店の外にはうすい靄《もや》のようなものがかかっていて、ミルク色の遠い空をカラスが黒く飛び、参道のほうからは拡声器の音と、相変わらずの喧噪が聞こえてくる。来た道を戻れば帝釈天の山門に行きつくが、ぼくらは人混みを敬遠して、境内の外周を江戸川まで歩くことにした。社殿は帰りにでも見物できるし、明夜の意向によっては、ぼくのほうはパスしてもかまわない。

クルマがやっと通れるほどの道を東へ向かい、ゴルフ練習場や駐車場のあいだを抜けると、正面に衝立のような土手が広がってくる。ビルや家並みからの圧迫感が解消され、空気の冷たさがぼくに、馴染みのある安堵感を提供する。江戸川は千葉と東京の境を流れていて、隅田川も荒川も越えているから、東京の東端をぼくらはずいぶん遠くまで来たことになる。

赤羽の荒川土手とはちがって、上のほうに向かうコンクリートの整備された階段があり、大まわりもせず、ぼくらはかんたんにその土手をあがる。河川敷の広さは荒川と似たようなものだったが、手前にも対岸にもゴルフコースが見え、土曜日のせいか、土手の舗装路に沿って圧倒的な数の子供が自転車を走らせている。斜面にはセイタカアワダチ草やイノコズチの雑草もなく、花壇が仕切ってあるわけでもなく、手入れのいきとどいた大空地、という感じだ。

「なんだか、不思議な感じよ」

「なにが」

「こういうところへ来て、走らなくていいことが」

対岸が霞んでいる草地に膝をのばして座り、煎餅の袋を横へ放って、明夜が大きく背伸びをする。

広い河川敷や草の匂いや、風景の配置がやはり荒川に似ていて、並んでとなりに腰をおろしながら、ぼくは口のなかで「うん」と返事をする。あてもなく明夜の顔を思い浮かべていたのは、たった四、五日前。あのときは自棄《やけ》っぱちな情熱に励まされて、ペットショップを探したり、無謀にもアパートを訪ねたり、それから荒川の土手で出会って、雨のなかを赤羽の駅まで送られて、それらのことはすべて、自棄と情熱と偶然が重なっただけのことだった。今、明夜がとなりに座っているこの現実だって、本質的にはただの偶然なのだ。明夜の横顔はきれいに鼻筋がとおり、輪郭の明瞭な上唇が頰に切れ込んで、頤《おとがい》からのカーブが顎の先端まで鋭角的につづいている。耳たぶはうすくて幅がなく、額には癖のない前髪が横向きに流れている。肩は少し骨張っていて、腕も指も長く、固そうな小さい胸をジャケットの前襟が余裕をもって包んでいる。投げ出したジーンズには膝のつき出しも見えず、本人がその気になれば女性誌のモデルぐらいは務まるだろうに、明夜の価値観に、その発想はないのだろう。

「あの犬たち、もう問屋に返されたかしら」

ぼんやりしていて、一瞬言われたことが理解できなかったが、明夜の視線ははるか空地を越え、河川敷の遠い彼方に向かっている。そこにはセーター姿の家族連れや何匹かの犬が、川筋に沿ってまばらな散らばりを見せている。すべてはパピヨンとかいう犬がぼくのカメラを舐めたことから始まったのだから、あの犬の運命に関してはもう少し、誠意をもつべきだった。

「最初に晴川くんと会った日は、彼らとお別れ会をしていたの。犬でも猫でも、見ているだけなら可愛いのにね」

「そうだな」

「わたし、晴川くんの言ったこと、考えたわ」

「なんだっけ」

「人間に飼われることが、犬や猫にとって幸せなのか。飼い主が優しいとか優しくないとか、そういうことではないの。勝手にペットにしたり、品種改良したり、介助犬にしたり、そういうことって本当は、残酷なのかも知れない。ペットは、人間に飼われなければ生きていけない、と言うけど、ペットをそんなふうにしてしまったのは、だれなのか」

「きみ……」

「なあに」

「きみのアルバム……」と、ひとつ息を呑んでから、唐突であることは承知で、ぼくが言う。

「高校を出てからの写真が、一枚もなかった。走ってはいたんだろう」

訊いてはいけないことかも知れないし、できれば、今だって避けて通りたい。モンジャを食べて江戸川を散歩して、帝釈天にお賽銭をやっておみくじをひいて、それから電車に乗って赤羽に帰る。次のデートも、その次のデートも、ぼくさえ我慢すれば、もしかしたら楽しくつづけられる。

土手の上をおばさんが安物のジョギングスーツで走り去り、それを見送ってから、明夜が面白くもなさそうに、ふっと笑う。

「趣味で走るだけなら、ジョギングって、楽しいんでしょうね」

素人のランナーは川の対岸にもいて、目を凝らせば派手な原色のウエアが、上流にも下流にも、いくらでも見わたせる。

「子供のとき、ふつうに走ったら、クラスで一番速くてね。少し練習したら学校で一番速くなって、市内の大会に出て優勝したの。親父やお袋が喜んでくれて、学校の先生も友達も喜んで、みんなが喜ぶなら、わたし、もっと速くなりたいなって、そう思った」

明夜の表情に屈託が見えない理由は、さっき飲んだビールのせいか、いくらか「変わった人」にも慣れたせいか、それともたんに、目の前の風景が荒川に似ているせいか。

「あのころはただ走っていれば、それでよかった。なにも考えずに練習して、なにも考えずにコーチの言うことを聞いて、ただ速く走ればいいと思った。走るたびに記録ものびて、走ることが楽しかった」

投げ出していた足を胸のほうへひき寄せ、立てた膝に肘をのせて、明夜がまた、親指の爪をかむ。

「晴川くん、テレビで駅伝とかマラソンとか、観る？」

「これからは観る」

「あの人たちのほとんどは、企業ランナーなの。会社に属していても、仕事は朝から晩まで、ただ走るだけ」

「きみも？」

「二年前まではね」

「一昨日は事務員だったのにな」

明夜が爪をかんだまま肩をすくめ、眉をひそめて、呆れたように息をつく。

「わたし、捻挫もしたし、疲労骨折もした。競技会が近づくと脂肪を極限まで落とすから、生理もとまってしまう。どこまで走ればいいのか、なんのために走るのか。自分でも分からなくなった。あの長い距離をほかの人よりちょっとだけ速く走ることに、どういう意味があるのか、そんなことも考えたわ」

靴の先で芝の根をはじいて、ミルク色の空に唇をすぼめ、明夜が静かに、小さく背伸びをする。

怪我や体調の問題や能力に対する疑問や、それはたぶん、明夜の言うとおりだろう。しかしそれなら、明夜以外の選手だって、明夜より才能のない選手だって、同じ故障や悩みを抱えている。

荒川の土手で会ったとき、明夜は、走るのは二年ぶりだと言った。高校を卒業してからの二年間は化粧品会社の陸上部で走り、会社を辞めてからは、走ることに無縁な生活を送っていた。そういう輪郭は理解できるが、ぼくが知りたいのは、そんな履歴書に書くような輪郭ではない。二年前、明夜から走る気力を奪ったのは、だれなのか。そして一度脱いだジョギングシューズに、荒川の土手で、なぜまた明夜は、足を通していたのか。

空の高いところを灰色の鳥が耳障りに鳴いて、上昇気流を受けながら集団で飛び去る。胸の白さや鳴き声はウミネコらしいが、そうだとすると、この辺りはぼくが思っていたより、海に近いのだろう。

「きみの言うこと、なにか、おかしいな」

明夜の平らな額に太い皺が浮き、焦点のあいまいな視線が、遠くからぼくの顔をのぞき込む。明夜が企業ランナーになった経緯や、それをやめた理由や、そしてそういうことのすべてに手塚修司という人がどう係わっているのか、知りたくはないが、知らなくては、ぼくはただの傍観者になってしまう。

「ほかの人より一秒か二秒速く走っても、たしかに意味はない。でもそれは、きみの価値観とは、次元がちがう」

「どういうこと?」

「世界一速い選手よりきみが一秒速く走ることには、意味がある。そのことはきみが、一番よく知っている」

右目蓋に散っている明夜のソバカスが、緊張の気配と一緒に、驚くほどの早さで色を増す。

「きみに才能があるから、可能性があるから、ネイチャー化粧品はきみに期待した。手塚さんだってきみに才能があるから、きみに自分の人生を賭けた。きみの悩みも、疑問も才能も、それは、きみ一人のものではないと思う」

明夜のざわめく呼吸が、ぼくとは無縁な場所で十秒ほどつづき、突然漂いはじめた殺気が、息苦しくぼくの神経を刺激する。

「会社や、手塚さんのことを、どうして知っているの」

「調べたから」

「どうして」

「君のことを知りたかった」

「どうして？」

「さあ、たぶん、暇だったせいだろう」

まだ、今なら、ひき返せる。謝ることも、説明することも、いくらでもできる。大人のふりをして、寛大なふりをして、傷口に知らん顔をすることだって、いくらでもできる。

「わたしに訊けばいいでしょう。隠れてそういうことをするのって、卑怯よ」

「単純に、きみのことが、知りたかった」

「話したでしょう。子供のときのことも、親父のことも、マラソンのことも」

ひき返せなくても、まだ、立ちどまることはできる。立ちどまって、ご破算にして、二人でモンジャを食べた場面から、もう一度やりなおすことはできる。

「でもきみは、肝心なことを、なにも言わなかった。会社を辞めた理由も、走ることをやめた本当の理由も、きみはなにも言おうとしない」

明夜が出しかけた言葉を呑み込み、首の筋を痙攣させながら、立てた膝に強く頰を押しつける。

「話す必要なんか、ないよな。きみにも言いたくないことはあるし、おれが知っても、仕方ないことはある」

対岸の河川敷で喚声がわき起こり、その喚声が風に流されながら、余韻となってこちら岸にひびいてくる。人の動きからはサッカーらしいが、そういえばぼくにはサッカーとラグビーの、区別もつかないのだ。

「だれだって本当は、きみのように走りたい。世界一になる可能性がないから、みんな、仕方なく、趣味で走っている」

ぼくの口から言葉を出しているのは、ぼくなのか、手塚修司という人なのか、ぼく自身、区別があいまいになる。

「世界に通用する可能性、なんて、だれがもっている。才能のある人間なんか、いくらでもいる。だけどその才能を現実に証明できる人間は、数えるほどしかいない」

「勝手な感想を言わないで。わたしが走ることを、どれだけの人が妨害したと思う？　非難や、中傷や、嫉妬や、走ることには関係ないのに、みんながわたしたちの邪魔をした」

「わたしたちの、な」

「人間がただ走るだけのことなのに、なぜみんな、そこまでするの。走るって、そんなに大事なことなの」

「おれには分からない」

「そうでしょう。分からないことに口を出すのって、失礼でしょう」

「走ることの意味は分からないけど、走ることがきみにとって大事だったことは、分かる」

「それもどこかで調べたわけ」

「きみの部屋には生きる意思がない。二年も住んでいるのに、生活がない。自分の一番大事なものを放棄したら、だれだって無気力になる。そのくせきみは、走る準備のために、河川敷近くの部屋に住んでいる」

明夜が静かに目を細め、反動も使わず、呼吸も乱さず、すっくと腰をあげる。なにかの虫が顔の前を飛んだが、バッタなのか、トンボなのか、ぼくに見分ける気力はない。

「晴川くんのこと、もっと大人だと思っていたわ」

「大人になりたいとは、思う」

「他人の過去を詮索することが、そんなに面白いの？　わたしは、だれからも、詮索なんかされたくない。勝手に調べられたり、中傷されたり、善意を押しつけられたり、そんなことはだれからも、してほしくない」

「大人というのは、面倒だな」

「わたしの過去を調べる権利も、今の生活に干渉する権利も、あなたにはなにもない」

「分かっている」

「分かっていないわ」

「分かっては、いるんだ。きみを好きだということが、きみに対する権利にならないことぐらい、最初から、おれには、分かっている」

遠くの靄っている水面でマガモの群れが羽音をたて、水跡を残しながら、下流のほうへ追われるように移動していく。試合が終わったのか、対岸のコートに人が集まり、躰の動きで興奮や歓喜を伝えてくる。空は乳灰色で、風は生暖かく、緊張感のない空気が雨の匂いを運んでくる。

明夜が土手の上を歩き出し、ぼくはふり返ることも立ちあがることもできず、躰に伝わってくる草の冷たさに、いつまでも耳を澄ましつづける。感情の振幅は我慢の限界をふり切っていて、血管を流れる寒い血が、皮膚の奥に違和感のある鳥肌を押しあげる。空白のなかに悲しみや涙の予感はなく、しかしこの絶望というやつは、なぜ安らぎに似ているのだろう。

日が落ちきって、目の前に薄闇が広がり、土手からも河川敷からも人影が消えたころ、草の上に煎餅の袋が残されていることに、ぼくは、初めて気がつく。

＊

有線のポップスが澱んだ空気のなかを、気だるく流れていく。マスターはカウンターの向こうに立ったまま、ドーナツを齧《かじ》りながら競馬新聞を開いている。ぼくの前には姉貴のボトルと、水割りのグラスと湿気ったピーナツが置かれている。客はなく、照明は暗く、壁紙に浮いた染みの上を小さいゴキブリが這っていく。頭に充満したウィスキーは有線の音楽を間欠的に聞き分け、指先がグラスの冷たさに過剰反応して、背中の鳥肌が重心をゆがめてくる。ふくらんだり縮んだりする空気がぼくの体重を、悲しいほど不安定にする。

ドアが開いて、外のざわめきと一緒に、焦げ茶色のスーツが忙しなく店に入ってくる。どこかで見たような顔で、相手も同じことを考えている。

「晴川、妙なところで会うなあ。この店の常連だったのか」

ためらいもせず、相手がぼくの肩をたたいて、となりのスツールに座る。中学で同級になったことのある、杉森という男だ。親しかった記憶もないが、無視したいほどいやな記憶もない。

「何年ぶりだ？　中学を出てから、どこかで会ったっけな」

「いや、同窓会にも出ないから」

「そうなんだよなあ。晴川が同窓会に出ないから、聡子なんかむくれてるぜ。覚えてるだろう、バスケットやってた生島聡子」

そんな女の子がいたことは、覚えている気もする。ぼくより背が高い赤ら顔の子だったが、しかしぼくのために生島聡子がむくれる理由は、思い出せない。

「聡子なあ、去年結婚して、もう子供が生まれるんだ」

ビールをひと息に飲みほし、タバコに火をつけてから、杉森が充血した目を可笑しそうに見開く。

「相手は医者なんだけど、歳は五十だぜ。背なんか聡子より二十センチも低いんだと。男も男だけど、聡子も聡子だよなあ」

「いろんな組合せがあるから、遺伝子も混じり合う」

「なんのことだ」

「好みは本人にしか分からない、ということ」

「だけどよう、五十の爺さんとまで、結婚することはないだろう。高校いってから聡子、意外と垢ぬけたしなあ。そういや晴川、病気したんじゃなかったか。病気して高校を中退したとか、だれかに聞いた気がする」

自分のことなのか、別人のことなのか、ぼく自身、自分の歴史はあいまいになっている。中学を出てから何年がたっているのか、かんたんな計算もおぼつかない。

「惜しいことしたなあ。おまえ、成績はよかったのになあ」

「学校で成績のいいやつなんか、いくらでもいたさ」

「でも晴川ならいい大学に入れて、いい会社にも就職できたろうよ。岩崎な、岩崎芳則。あいつなんかどっかの医学部だぜ。使いっ走りしてたあんな野郎が、末はお医者様だとさ」

マスターが腕をのばして杉森のグラスにビールを足し、それから壁に寄りかかって、また競馬新聞を読みはじめる。

「岩崎で思い出した」と、オールバックの髪を指でなでつけ、タバコを吹かして、杉森が言う。「おまえ、岩崎とつるんでた片岡ってやつ、覚えてるか」

「どうだかな」

「三組にいたろうよ。親父がテレビのプロデューサーとかで、いつもタレントのサインなんか見せびらかしてたやつ」

「武田アリサとつき合ってた、片岡？」

「あの片岡だ。あいつな、今年の春ごろ女に殺されたんだ。知ってたか」

「さあ」

「騒がれたんだぜ。週刊誌にものった。可哀相によう、女に毒を盛られたんだと」

「大変だったな」

「それがよう、そのちょっと前、俺、新宿で片岡に会ったんだ。女も一緒だった。俺も彼女と一緒だったから話はしなかったけど、あとで新聞を見てびっくりした。別れ話のもつれなんだとさ。女ってのは恐ろしいよなあ」

杉森がビールをウィスキーにかえ、自分のボトルからぼくのグラスにも、ウィスキーを注ぐ。誘われるままぼくはグラスを合わせたが、知り合いがすべて友達なら、ぼくにも呆れるほど友達がいる。

「それで晴川、おまえ今、なにをやってるんだ」

「アルバイトを探してる」

「あれか、フリーターとかって」

「まあ、そうだな」

「この景気じゃよう、フリーターも大変だろうよ。ろくな仕事もないって聞いたぜ」

「贅沢を言わなければなんとかなるさ」

「まったくなあ、ズルばっかしてやがって、甘い汁を吸うのは政治家と、役人ばっかしだものなあ」

グラスの氷がころんと鳴り、杉森の言葉がぼくの神経を、無意味に通りすぎる。

「杉森は、なにをやってるんだ」

「くじらのブローカー」

「なんのブローカー？」

「鯨」

「水族館関係か」

「冗談を言うなよ。ふつうに食う鯨の肉さ。ノルウェーや香港から、密輸もんが入ってくるんだ」

「変わった仕事だな」

「グリーンピースだとか環境保護団体とか、馬鹿なこと言うけどよ。鯨を食うのは日本の伝統文化だもんな。外国人に因縁つけられたら、たまらないぜ」

もうずいぶん酔いがまわっていて、小柄な杉森の顔がぼくの目のなかで、奇妙に膨脹して見える。

「日本人に鯨を食うなとか言って、アメリカ人やヨーロッパ人は、くさるほど牛肉を食ってやがる。日本人はみんな頭にきてるんだ。だからパチンコの景品買いと同じでな、警察だって、本気ではとり締まらねえのさ」

そういえば杉森の家は、どこかで魚屋をやっていたはずで、鯨の輸入をしているのは家業と関係でもあるのだろう。中学の同級生が鯨のブローカーになっていたり、別れ話のもつれから女に毒を盛られていたり、そうやって時間は、淡々と移行する。

店に新しい客が入ってきて、離れた席に座り、ポップスだった有線の曲が軽快なハードロックに変わる。

「あ、そうだ、晴川……」

グラスにウィスキーを足し、ネクタイをゆるめて、杉森がスツールをきしらせる。

「フリーターやってるなら、おまえ、俺の仕事を手伝わないか」

「鯨のブローカーを、か」

「いい金になるぜ。警察も黙認してるし、香港マフィア以外に、やばい連中とも係わらない」

「香港マフィアは、やばいと思うけど」

「通常の商取引なら問題はねえよ。それにアメリカ人だとかフランス人だとか、ああいう馬鹿連中に、ひと泡吹かせるんだ。俺たちは日本文化の代表でもあるわけさ」

「意義のある仕事だな」

「そう思うか」

「日本文化の代表というところが、すごい」

「そう思うなら手伝え。同級生のよしみだ。商売のノウハウを一から教えてやる。なにしろ鯨を食うのは、日本の伝統文化なんだからよ」

杉森のさし出したグラスに、感動も罪の意識もなく、ぼくは自分のグラスを合わせる。頭のなかをギターのハードロックが跳びはね、氷原をアザラシ皮のカヌーが漕ぎ出し、舳先《へさき》に立ったぼくは銛《もり》を構えて、顔に不敵な笑いを浮かべる。

「杉森、エスキモーというのは、生肉を食う人、という意味なんだ」

「へーえ、初めて聞いた」

「でもそれは差別用語だから、今はイヌイットという」

「それじゃあ、イヌイットってのは」

「人間、という意味らしい。イヌイットだけが人間で、だからおれたちはみんな、人間ではない理屈になる」

「それ、やっぱり、アメリカ人が決めたのか」

「たぶん、そうかな」

「まったくなあ、アメリカ人は勝手だよなあ。鯨を食うなとか、牛肉を食えとか、馬鹿なことばっかり言いやがる」

一面が影のない雪と氷の白い世界で、氷点下の乾いた空気が、ぱりぱりと音をたてる。ぼくは相変わらず銛を構えていて、氷の割れ目から躍りあがるはずの鯨を、息を殺して狙っている。カヌーに乗っているのも猟をしているのも、ぼく一人だけ。茫漠とした陰影のない風景のなかに、不安や後悔のない静けさが横たわる。氷が盛りあがり、飛沫が散って、白い仔犬がひょいと跳びはねる。氷原の彼方を銀色のジョギングスーツが走り去り、構えていた銛が重くなって、自分の無力さに、ぼくは声を出して笑う。

「グリーンピースなんかにぺこぺこしやがって、なあ、政治家も役人も、みんな腰抜けだよなあ」

戻ってこないことを知りながら、目のなかに、ぼくはまだ銀色のジョギングスーツを追いつづける。

「ああ、そうだよな」

「そうさ。悪いのはみんな、政治家と役人なんだから」

「やっぱり、そうだよな」と、有線のギターを聴きながら、欠伸をかみ殺して、ぼくは独りごとを言う。「この曲、やっぱり、エリック・クラプトンだよな」

＊

星は見えないし、ネオンも街燈も赤ちょうちんも、湿気った空気のなかにぼやけた輪をひいている。公孫樹《いちょう》の枝はクルマのライトで絵画的にそびえ立ち、密生した檜葉《ひば》垣からは常緑樹の匂いが濃く流れてくる。本屋もパチンコ屋もパン屋もレンタルビデオ屋も、商店街は三分とつづかず、ぼくはバス通りから家へのわき道に入る。自分の重心がどこにあるのか、意識は呆れるほど浮遊して、微熱のような興奮が皮膚の表面を熱くする。欺瞞的な冷静さが、頭のずっと上から、執拗にぼくを観察する。

なんの目的で帰ってきたのか、理由は分からなかったが、行くあてのない感情が唯一行きつける場所が家だとしたら、自分に家があるということは、いいことなのだろう。

門をくぐり、玄関灯のついたガラス戸をあけ、コンクリートの沓脱《くつぬぎ》にベージュ色のハイヒールが目に入って、ぼくは拡散していた日常を、慌てて意識の内にかき集める。ハイヒールは爪先の尖った華奢な形で、踵にくずれはなく、細い爪先を整然と道路側へ向けている。お袋のデザインではなし、姉貴のハイヒールにしては踵が高すぎる。それに姉貴なら、色も形も、まずこういうシンプルな靴は選ばない。空白が支配していたぼくの集中力に、否定的な予感が、突然、圧倒的な迫力で襲いかかる。そのとき居間の襖《ふすま》が開かなければ、自分の予感に押しつぶされて、ぼくは玄関に座り込んでいた。

ぼくの前にあらわれたのは、予感のとおり、白いスーツを着た小谷さんだった。視線が合ったとき、小谷さんの赤い唇が微笑んだ気がしたのは、頬にかかった髪のせいか、玄関灯がつくった影のせいか。

　小谷さんが正面に顔を向けたまま、ハイヒールに足を入れ、コートとハンドバッグを抱えなおして、下からぼくの顔を見あげる。

「ご免なさいね。あれからまた、気が変わってしまったの」

「そうですか」

「お母さまには、部長とのことを、ぜんぶお話ししたわ」

「そうですか」

「あなたとは長いおつき合いになるわけだし、これからも仲良くしましょうね」

　開いたままの玄関から、小谷さんが外へ靴音をひびかせていき、夜が大きくゆがんで、スーツの残像が白く闇にまぎれていく。

　ぼくはしばらく、茫然と立ち尽くし、それから玄関のガラス戸を閉めて、開いている襖のあいだから居間の内に目をやる。火燵の前にはお袋が一人、玄関のほうへ背中を向けたまま、かたくなに正座をつづけている。テレビには画面も音もなく、茶箪笥も仏壇も空気の重さに喘《あえ》いでいるようで、ぼくが一歩踏み込めばすべての風景が一瞬にくずれてしまいそうな、怖くて脆《もろ》いバランスがある。

　お袋の頭が動き、その目が壁の時計をふり返って、かたくなな背中から、ふっと力が抜ける。お袋は火燵板を支えに腰をあげ、ただ立ち尽くしているぼくのほうへ、ゆっくりと歩いてくる。

「あら、シロウ、今夜は早いじゃないの」

「九時だから、早くはないさ」

「あなたにしては早いわよ。雨でも降るんじゃないかしら」

戸口でお袋と鉢を入れかえ、居間に入って、茶箪笥の角に、ぼくは背中で寄りかかる。

「小谷さんは、なにを……」

お袋がおかっぱふうの髪をふり払い、敷居の向こう側に足をとめて、睫《まつげ》と目尻の小皺を、冷静に震わせる。

「シロウ、その袋はなあに」

「柴又の煎餅」

「あなた、柴又なんかへ行ってきたの」

「ちょっと、散歩に」

「わたしにくれない？　電車のなかで食べるわ。余ったら実家へのお土産にする」

「母さん……」

「静岡へ帰ります。お父さんに、そう伝えてちょうだい」

「父さんも、すぐ、帰ってくる」

「だからいやなの。あの人の顔は見たくないの。分かるでしょう？　あなたたち、シロウとお父さんと喜衣と、三人でわたしを、騙していたんじゃないの」

お袋の口調は冷静で、視線は動かず、そして頬にも首筋にも、血の気はない。

「騙すつもりは、なかったけど」

「結果が出てからでは遅いの。わたしにも耐えられることと、耐えられないことがあるの。いつかはこういうことになるような、いやな気がしていたわ」

　ぼくの手から煎餅の袋をひったくり、寝室のほうへ歩きながら、虫歯でも我慢するような顔で、お袋が静かにふり返る。

「夕飯の支度はしてないけど、あなたたち、だれも困らないわよね。気の合う人同士で、あとは好きにしたらいいわ」

　お袋が寝室に消え、蛍光灯だけが白く光る廊下を眺めたまま、ぼくは茶箪笥の角に背中を寄せつづける。寝室からは畳のこすれる音や敷居のきしむ音が聞こえ、それが押し入れをあけたり衣装箪笥をかきまわしたりしている物音であることを、目の前の風景を見るように、ぼくは頭のなかで観察する。寝室に駆け込む意思はあっても、予想される言葉の無意味さに、足のほうがどうしても、居間から動かない。

　十分か、二十分か、たいした時間ではない気もしたが、寝室のドアが開いて、お袋がコロのついたトランクを部屋の外へ押してくる。普段着のスカートに普段着のセーター、コートだけはデパートのバーゲンで買ったとかいうブランド品で、肩には黒い旅行鞄がかかっている。

　玄関まで黙ってトランクを押し、あがり口で足をとめて、腰を屈めるように、お袋がぼくをふり返る。

「気に入っていた鞄、喜衣の病院へ置いてきてしまったわ」

「母さん、これからその荷物を運ぶのは、無理だよ」

「自分で運ぶもんですか。シロウ、あなた、明日も暇なんでしょう。このトランクを宅配便で静岡へ送ってちょうだい。それぐらいの義理は、あるはずだものね」

ろす。

「いやなことだわ。こういう侮辱をされて、冷静になんかなりたくないの。あの人が帰ってきたら、言ってちょうだい。静岡にはぜったい、電話をしないようにって」

靴箱をかきまわし、茶色のパンプスをとり出してから、首を横にふって、お袋が沓脱に足をおろす。

「冷静になったら？」

「喜衣のことはお願いね。それにしても新幹線ができて、助かったわ。これが昔なら、静岡まで、五時間はかかったのよ」

かんたんに玄関のガラス戸が開き、かんたんに閉まって、居間と玄関と台所の明かりのなかに、気がつくと、ぼくが一人、かんたんにとり残されていた。その呆気ない無人感に現実が自覚できず、子供のころの迷子の記憶だけが、音のない映画のように、頭のなかを騒然と漂っている。

襖の敷居がきしんで、明るすぎる照明とあがり口に残されたトランクが、ぼくの意識に、無理やり現実を押しつける。ぼくは背中の悪寒を肩でふり払い、居間に戻って、テレビをつけながら火燵に足をいれる。火燵の上には受け皿つきのティーカップが置かれているが、口をつけた跡はなく、角砂糖も形をくずさずに残っている。

電源の入ったテレビではサッカーの試合を映していて、得点でも入ったのか、不潔そうな選手が宙返りをうってインディアンダンスを踊っている。昔は親父とナイター見物にも行ったし、姉貴とプロレスを観にいったこともある。その野球にもプロレスにも相撲にも、一度としてぼくは、熱狂を感じなかった。二十二年も生きてきて、人とか物とか、音楽とか映画とかスポーツとか、なにか自分以外のものに夢中になったことが、一度でもぼくに、あったろうか。

テレビから流れるアナウンサーの絶叫と、観客の喚声と、壁からの時計の音と火燵のサーモスタットの音と、すべての音が和音になって、じーんと聞こえてくる。それでいて部屋のなかは奇妙に静かで、唯一自分の耳鳴りが頭のどこかで、ハードロックのように喧《やかま》しい。

雨戸を閉めようと、立ちあがり、その瞬間急な嘔吐感が、胃の深い部分から、猛烈に這いあがる。自分の躰に起こった混乱が理解できず、貧血のはじまった目で、ゆがむ天井や色をなくしていく壁を、ぼくは唖然と見つめる。嘔吐感は強烈な悪意で胃をつきあげ、ぼくの常識がぼくの躰を、台所へ突進させる。食道は我慢を放棄し、熱い酸性の嘔吐物が、胃の内側から一気にあふれ出す。嘔吐物はシンクをはみ出して床まで汚し、ぼくの目から視覚を奪って、鼻腔に胃液とウィスキーの臭いの混じった、焼けた異臭を押しつける。胃は好きなように反転をつづけ、ぼくはどこまでも無抵抗で、ただひたすら、意気地もなく躰の反乱を呪いつづける。

胃の痙攣がいくらかおさまり、躰の違和感が寒気と貧血に変わって、流し台の縁に手をかけたまま、ぼくは無理やり深呼吸をする。目には悲しみとは無関係な涙がにじみ、鼻水がだらしなく滴って、酸性の息だけが、浅く、間欠的に、肺から執拗に吐き出される。

どれほどの時間がたったのか、考える気力はなかったが、それでも床は汚れていて、ぼくは水道の蛇口をひねって顔を洗い、シンクの汚物を素手で排水孔にかき入れる。それから布巾で流し台の汚れをふき、床の嘔吐物もふきとる。嘔吐物は赤かったり青かったり、かたかったり柔らかかったり、そのなかには昼間のモンジャも混じっている。

草の匂いとウミネコの鳴き声と、マガモの羽音とミルク色の空が、不意に、不自然なほど鮮明によみがえる。コンクリートのベランダからは熟した柿の実が見え、黒縁の眼鏡をかけた親父がぼくの三輪車を押し、路地にうずくまっているぼくの頭を、迎えにきた姉貴が冷たい手で抱き寄せる。明るい砂場には巨大なゴミ虫がうごめき、ぼくより背の低いお袋が、強い力でぼくを掬《すく》いあげる。松五郎は首に黄色いバンダナを巻いていて、不思議そうな目でぼくの顔を見あげ、氷原のはるか遠くを銀色のジョギングスーツが、悲しい速さで走り去る。大きな空白に向かって、声を出そうとするが、その瞬間にはもう、ぼく自身が空白になっている。

怒りではない、悲しみではない、絶望ではないなにかの感情が、体臭を発散させながら、どこまでもぼくを追いかける。十一月の土曜日の、蛍光灯だけが明るい台所にうずくまって、汚れた布巾を握りしめ、生まれたばかりのぼくは、いつまでも自分の空白を見つめつづける。

8

自転車の細いタイヤがポプラの枯葉を、ぱりぱりと踏んでいく。凍るほどの空気が透明に立ちふさがり、息が白い粒になって耳のうしろを流れ去る。月が変わってから突然やって来た冬は、ぼくに革のコートを着せ、首には毛糸のマフラーを巻きつけた。朝の早い勤め人が灰色の道を浦和の駅へ向かい、その横をぼくの自転車が東浦和の方向から追い抜いていく。まだ朝日が顔を出す時間ではなく、葉を落とした並木や中学の校舎が清潔な灰色のなかに、気持ちよく息をひそめている。コンビニの夜勤も製本屋のアルバイトも、疲れるのは躰だけで、心が消耗しない実感が無邪気にぼくを勇気づける。

太田窪の家につき、自転車を門の内側に放り込んで、郵便受けから新聞を抜き出す。それから自分の鍵で玄関をあけ、いつものとおり居間の雨戸をあける。庭に白い寒椿を確かめてから、ファンヒーターのスイッチを入れ、コートを着たまま手と足を暖める。アルバイトのは<u>しご</u>で指は荒れているが、カメラに手を触れなければ日常生活には困らない。昼と夜が逆になって、毎日が睡眠不足ではあっても、この時間が死ぬまでつづくわけでもない。

十分ほどで部屋の空気が暖まり、ぼくはコートを脱いで火燵のスイッチを入れ、ついでに居間と台所の電気をつける。結露で曇っているガラス戸にも朝日が射し、塀を通してクルマやオートバイの音も伝わってくる。裏の家でも雨戸をあけているようで、冬の一日が、おっとりと始まっていく。

台所のシンクにはうんざりするほどの食器が放り込まれているが、とにかくそれを始末し、電気釜が『保温』になっていることを確かめてから、ぼくは冷蔵庫のドアをあける。野菜室にもチルド室にもたいした食料はなく、それでもチルド室から鰯《いわし》の丸干しを出して、野菜室からも大根となめこと納豆をとり出す。そろそろ卵もなくなるから、今日はスーパーへの買い出しが必要だろう。

鍋に味噌汁の水を計って、火にかけ、大根を千切りにきざみはじめたとき、二階から姉貴がおりてくる。姉貴はキルティングのガウンで重武装し、指先で顔のマッサージをつづけている。髪の毛は阿修羅《あしゅら》のように乱れていて、目蓋も腫《は》れぼったいから、昨日も道徳的な一日ではなかったのだろう。

「姉さん、今朝は早いんだな」

「八時半までに大宮へ行くのよ。ちゃんと言ってあるじゃない」

「そうだっけ」

「わたしは冗談で恋はしないの。なんでもいいから、シロウ、コーヒーをいれてよ。それからハムエッグにトースト。トーストは一枚でいいわ」

台所を一気に通りすぎ、姉貴が洗面所へ消えて、仕方なく、世界が忙しくなる。そういえば昨日か一昨日、大宮からのリムジンバスで成田へ行くとか言っていたが、その驚異的に無茶な計画は、本物だったのか。金曜日に日本を出て、月曜にはもうハワイから帰るのだという。

洗面所で朝シャンの音が盛大にひびくあいだ、ぼくはコーヒーをセットし、スライスのハムと卵をフライパンに入れ、少しかたくなっているパンを一枚、トースターに放り込む。シャワーの音がドライヤーの音に変わって、テーブルに支度がととのったころ、すっかり人相を変えた姉貴が悠然と戻ってくる。ハワイの別荘に姉貴を誘った森海生という人は、たぶんまだ、姉貴の寝起き姿は見ていない。

「ねえ、最近、ばかに寒いわねえ」と、台所のテーブルに新聞を開きながら、コーヒーをひと口すすって、姉貴が言う。「気象庁も無能よねえ。先月まではエルニーニョで暖冬だとか言ってたくせに、うちの雑誌で叩いてやろうかしら」

「姉さんみたいに運のいい人には、他人への寛容さも必要だよ」

「そうか、彼と結婚したら、ハワイの別荘はわたしの物になるんだわ。ちょっと背は低いけど、彼なら外聞だって悪くないしね」

「姉さんは幸せになれるね」

「わたしも不幸な恋をしてきたものねえ。そろそろびしっと、幸せになっていいころだわ。そうなったらシロウ、あんたもハワイへ遊びにきていいわ」

話がうますぎる気もするが、姉貴にだって売れ残りの仔犬だって、幸せになる権利はある。幸せになる過程も方法も、人によって、それぞれ。高橋さんとのトラブルが姉貴の納得する方向でおさまったのなら、他人が口を出す筋合でもないだろう。森海生だって子供ではなし、姉貴にこのまま押し切られるとも思えないが、恋についての論評なんか、ぼくにできるはずはない。姉貴も二十七年間研鑽《けんさん》をつんできたわけで、その成果をこのへんで、びしっと証明したいところだろう。

「あら、もうこんな時間か。忙しいわねえ。やっぱりあの入院で、有給を使いすぎたわ」

「支度は？」

「バッグひとつだけよ。水着も洋服も、向こうへ行ってから買うわ」

「ハワイにいるのは、実日で、一日だろう」

「シロウねえ、男と女の関係では、その一日が大事なの。時間ではないの、問題はなかみの濃さなのよ」

「そういうもんかな」

「そういうものなのよ。あんたにもそのうち、分かるようになるわ」

「帰りは、月曜の、いつ」

「朝には成田につく。でもそのまま会社へ出るから、朝飯はいらない。それにしてもあんた、目玉焼きをつくるの、うまくなったわねえ」

「そうかな」

「お土産にスウォッチでも買ってきてあげるわ。ダイバーズがいい？」

「なんでもいいよ」

「張り合いのない子ねえ。どうでもいいけど、とにかく頑張りなさいよね。わたしもきっちり、頑張ってみせるから」

姉貴が皿にフォークを放り出したとき、居間のほうから親父が入ってきて、綿入れの肩をゆすりながらトイレへ歩いていく。姉貴が起きていることに意見はなさそうだから、今日のハワイ行きは、了解済みなのだろう。

「さて、それじゃシロウ、あとは頼んだわ。わたしは気合いを入れて、ぱっと出かけますからね」

ぱっと椅子を立ち、姉貴が忙しなくガウンをひるがえしていって、台所に静寂が戻る。親父がトイレから出てきて低く唸り、綿入れの袖で腕を組みながら、テーブルの前に立ちどまる。

「喜衣にも、まったく、困ったもんだ」

「なにが」

「前から言ってるのに」

「なんのこと」

「新聞を読みながらトーストを食われたら、あとの人間が、たまったもんじゃない」

「味噌汁に、卵、入れる？」

「いらん。コレステロールに用心してるんだ」

新聞からパンくずを払い、それを居間にもっていって、親父が火燵の前に座る。それから親父はテレビのスイッチを入れ、のんびりとタバコに火をつける。うすい煙が朝日のなかで波形の模様をつくり、白く輝きながら台所のほうへ流れてくる。テレビでは早口に朝のニュースが吐き出され、二階の部屋からは姉貴がトンボ返りでもうったような、著しい奮闘音がひびいてくる。一ヵ月前の朝も似たようなものだったし、一年前も、十年前も、朝はいつでも、こんなようなものだ。

木の盆に親父の膳《ぜん》をつくり、居間まで運んでから、ぼくは自分の食器を台所のテーブルに並べる。親父には朝飯でぼくには夕飯になるわけだが、会社へ行ってしまう親父に、そんな理屈は分からない。毎朝居間の火燵に朝食が運ばれる事実に対しても、それほどの疑問は感じていないらしい。

「プロ野球がないと、朝のニュースもつまらんなあ」と、箸を動かしながら、ぼんやりとテレビに目をやって、親父が言う。「サッカーなんぞ、ルールも分からん。それにあの、チェアマンとかサポーターとかいう、インチキな言い方が気に食わん。頭の悪いやつらをインチキな言葉で誤魔化して、要するにサッカーなんていうのは、詐欺なんだよなあ」

それほど大げさな問題でもないだろうが、黙ったままでは消化が悪いのだろうし、親父なりにぼくに対する、気づかいもあるのだろう。日本中のおじさんに「サッカーはインチキ」という共通の話題を与えてくれるだけでも、サッカーにはそれなりの意義がある。

「ほーう、そうか。強力な寒冷前線が南下してきて、東北は大雪になるそうだ」

「冬用のコートは、あるの」

「箪笥のどこかに入ってるはずだ。なければ新しいのを買う」

「味噌汁、まだあるよ」

「その、なんだな、政治改革というのも、官僚の既得権にメスを入れんと、根本的な解決にはならんなあ」

「昨日、米屋さんが電話をしてきた」

「ほーう」

「正月の餅をどうするかって」

「そんなことは知らん。いつも通りでいいじゃないか」

「いつも通りで、ね」

「日本の農政にも困ったもんだな。消費者優先という原則が、役人にはどうしても理解できんらしい」

階段に軽快な足音がして、拍手したくなるほど化粧を決めた姉貴が、セミロングの髪を居間につき入れる。姉貴はそのまま手をふって玄関に姿を消し、幸せを求めてハワイへ旅立っていく。

「なあシロウ、この不景気は、どうやら泥沼らしいぞ」と、新聞に目をやったまま、胸の前に味噌汁の椀を構えて、親父が言う。「これは経済メカニズムの問題ではなくて、消費マインドの問題なんだな。その底辺には国民の、政治不信があるわけだ」

「本当に餅、いつもの通りでいいの」

「なんだ？」

「母さんがいなければ、餅を買っても仕方ないだろう」

親父がなにか唸り、しかし言葉は出さず、リモコンでテレビのチャンネルを切りかえる。

「父さん、小谷さんとの話は、どうなってるのさ」

「努力はしてるんだが、どうも、思ったより手強い」

「長びくと母さんも、それだけ帰りにくくなるよ」

「それは、まあ、そうだ」

音をたてて味噌汁をすすり、なめこでも咽につまったように、親父が二、三度咳払いをする。

「昨日も会社から、静岡へ電話をしたんだがな。こっちの声が分かったとたんに、切られた。母さんがこんなに強情な女だとは、思わなかった」

「強情ではない女の人なんか、どこにいるのさ」

「おまえに言われる筋はない。分かっていても、つい顔に騙される」

「小谷さんとは、本当に別れるの」

「父さんのほうは決めている。最初にそう言ったろう」

「それなら、あとは、誠意だね」

「誠意はあるんだ。しかし母さんも小谷紀代子も、話を聞こうとせんのだから、誠意の見せようがない」

鰯を丸ごとかじって、骨を味噌汁で飲みくだし、親父の頭ごしに、ぼくは庭の日射しに目をやる。

「父さん、パフォーマンスも、必要だと思うよ」

「なんだと？」

「誠意を表現する行動様式」

「なんのことだ」

「電話がだめなら、直接静岡へ行ってしまう」

「そういうのを、パフォーマンスというのか」

「目に見える力強い表現も、必要だということ」

「おまえ、近いうち、暇はないか」

「ないよ」

「俺が行くより……」

「忙しいんだ」

「しかしこのままでは、シロウだって困るだろう」

「ぼくの問題ではないよ。母さんが帰ってこなくて、ぼくが家を出て姉さんが結婚でもしたら、父さん、一人で暮らせるの」

「そうなったら、それは、そのときに考える」

「小谷さんと結婚でもして?」

「冗談を言うな。あのタイプには、心底、懲りた」

「それなら早く決めるんだね。二回も、まぐれで、若い女の人にはもてないんだから」

親父が箸をもったまま、またリモコンでチャンネルを切りかえ、汁椀をとりあげながら、面倒くさそうにため息をつく。夫婦には子供でも理解できない絆があるらしいから、親父もその絆に期待しているのだろうが、絆が太いのか、細いのか、そんなことは結果を見なければ分からない。

「まあ、なんだな、明日は土曜日だし、静岡まで出かけてみるかな」

「それがいいね」

「六十も近くなって、女房の実家に頭をさげるのも、体裁は悪いがなあ」

「パフォーマンスだよ」

「パフォーマンス、か。しかし、母さんにも小谷紀代子にも、困ったもんだ」

「味噌汁、おかわりは?」

「もういい。茶をいれてくれ。それにしてもシロウ、今年の鰯は脂がのって、いい味を出してるじゃないか」

ぼくはもう、それ以上親父にはつき合わないことに決め、茶をいれてから、自分の食事を済ませることにする。いつもなら夕方まで寝ていられるが、今日は食料の買い出しもあるし、洗濯物だって溜まっている。

「父さん、ワイシャツのクリーニングは、自分で出してよ」

「分かってる」

「膳は片づけなくていいから」

「ああ」

「電気毛布のスイッチは、切ったろうね」

「切った」

「夕飯に食べたいものは？」

「酢ダコ」

「出かけるとき、タバコの火には気をつけて」

まったく、家事というのは、やらなくても死にはしないが、だれかがやらないと家庭が崩壊する。

「パフォーマンス、か。本物の内面的な誠意より、そういう見せかけでしか女に認めてもらえないところが、男っていうやつの、悲劇なんだろうなあ」

親父が会社へ出かけたのは、それから三十分してからで、ぼくは台所を片づけて風呂に入って洗濯をして、それから自分の部屋にひきあげた。毎日夢も見ずに眠ることを、気持ちのどこかでは後悔しているが、今のぼくにはこの眠り方が、一番似合っている。

＊

冬至までには、まだ十日もある。それでも四時になると日はビルの向こうまで落ちきり、空の低い辺りを夕焼け色に染めてくる。赤羽の駅前も景色を冬の装いに変え、ロータリーには枯葉が飛んで、乗降客もダウンジャケットやトレンチコートにかたく身を包んでいる。水の涸れた噴水には欅《けやき》の落葉がたまり、ベビーカーを押す母親は毛糸の手袋をはめている。まだ始まったばかりだというのに、これほど大げさな警戒を受けたら、冬のほうが赤面する。気候は混乱していても、東京に本物の寒さがやって来るのは、まだ一ヵ月も先のことだ。

ぼくは駅前の風景をていねいに確認し、わきの下に紙袋を抱えなおして、活気のない商店街を岩淵町の方向へ歩きはじめる。道順も分かっていて、いくつかの商店には見覚えもあったが、感動のない風景には初めてきた町のような、軽い疎外感がある。

地下鉄の赤羽岩淵駅が見え、環八通りを赤羽三丁目側へわたって、路地から小学校の塀につきあたる。記憶どおりの場所には記憶どおりのアパートがあり、階段の下を寒い北風が吹き抜ける。冬休みでもないだろうに、小学校は校庭も校舎も閑散としていて、幻の町に立っているような、悲しい錯覚に襲われる。

階段の下から、そこで雨宿りをしているぼく自身を追い払い、気持ちを落ち着かせて、階段をのぼる。白いモルタルは記憶にあるより汚れていて、階段も外廊下も台所の窓も化粧ベニヤのド

袋をドアの前に置く。
背中に諦めに似た和音を聞きながら、心のゆれをおさえて、ドアをノックする。留守であることは気配でも分かるが、気持ちを納得させるために、もう一度ノックし、それからもってきた紙袋をドアの前に置く。

外廊下を階段まで戻り、腕時計をのぞいて、思いなおし、ドアまでひき返して紙袋をとりあげる。階段の途中にはトラ猫がうずくまっていて、それをよけて階段をおりる。小学校の塀に沿って歩き出すと、路地の奥から犬が鳴きかけ、重そうな鞄を持った女子中学生が顔をうつむけて通りすぎる。小さい鉄工所にはバーナーの火花が散り、建築現場ではつまれた資材に腰をおろして、イラン人がタバコを吸っている。風景は心地よく安定しているのに、アスファルトを踏むぼくの足だけが、ぼくの気分を現実から浮遊させる。

新河岸川の土手が見え、クルマの多い通りを横切って、直接土手をのぼる。視界が開け、その視界の開けた冷たい空気のなかで、意識的に、ぼくは深呼吸をする。テニスコートには喚声と白いウエアが賑やかで、遠くの新荒川大橋には夕方のクルマが渋滞する。鉄橋を特急電車がベージュ色に走り去り、小さいベンチには年寄りが一人、自転車をとめて居眠りをしている。

ぼくは景色を記憶のなかで確認しながら、土手を上流へ歩き、新河岸川の歩行橋をわたって、荒川側の土手に出る。視界は明確に幅を広げ、遮《さえぎ》るもののない夕日が対岸のビルを、真横から照らしている。コスモスの咲いていた公園は枯草色に沈み、ヨモギもセイタカアワダチ草もすべてが枯れて、土手の芝生だけが着色でもしたように、不安な青さを残している。

北からの川風に頬をさらしながら、ぼくは夕焼けが鉄橋の影をひく土手を歩いて、青く枯れ残る芝生の上に腰をおろす。四面の野球練習場にはどこにも人があふれ、ユニフォームを着た素人選手たちが広いグラウンドをもて余している。工事のつづいている対岸のスカイタワーは西面だけを夕日に染め、風を切るように、毅然と他のビルを圧している。雑草が枯れ、コスモスが枯れ、トンボやバッタがいなくなった以外、一ヵ月前と、この風景は、どこに変化があるのだろう。

視界のすぐ下を自転車が通り、犬や人が通り、運動部員らしい高校生が集団で土手を走り、野球場の一面では試合が終わって、そのとき新荒川大橋の向こう側から、銀色のジョギングスーツが忽然とあらわれる。腰の高い安定したフォームは他のランナーを背景のように置き去り、清潔な夕日を受けて、怖くなるほどのスピードで近づいてくる。ぼくは草の上から腰をあげ、コートのポケットに両手を入れたまま、ジョギングスーツが大きくなってくる圧迫感に、膝をのばして身構える。空気はアコーデオンのように伸縮し、野球場の喚声が消え、風の音も鉄橋を走る電車の音も、ぼくの意識から、礼儀正しく消えていく。

百メートルほど離れたところから、山口明夜がスピードを落とし、途中からは徒歩に変えて、土手の中心線をまっすぐ近づいてくる。緊張感はあるが、たえられないほどではなく、ぼくは明夜の風に乱れる髪や夕日に目を細めた眉を、静かに見守る。明夜の顎は少し輪郭が鋭くなり、目蓋の脂肪も落ちて、上気している頰は湯あがりの少年を思わせる。以前なら、これだけのシャッターチャンスにカメラをもってこなかった自分を呪ったろうが、今のぼくには、その未練もない。

明夜が五メートルほどの距離で足をとめ、なんのつもりか、両手を膝にそろえて、深く頭をさげる。ぼくも声を出すことを忘れて、うっかり、深く頭をさげる。遠くのほうでカモが下品な声で鳴いたが、明夜は表情を変えず、明るさを増した正面からの夕日に、黙って目を細めつづける。

「きみ、やっぱり、本物なんだな」と、明夜の呼吸音が聞こえるところまで、ゆっくりと歩いて、ぼくが言う。「素人のおれから見ても、ほかの人とは、走り方がちがう」

視線を逸らしただけで、返事はせず、明夜が首にかけたスポーツタオルで、顔の汗をぬぐう。頬も上気して汗も髪を濡らすほどに滴っているが、息に乱れはない。

見わたしても、見える範囲に手塚さんの姿はなく、ぼくは抱えていた紙袋を、明夜にさし出す。

「高田馬場で会った日の、きみの写真だ。犬に向けてシャッターを切ったら、偶然きみが写っていた」

もちろん嘘で、あのときは意図して明夜にピントを合わせたのだが、そんなことはどうせ、明夜にも分かっている。写真はベンチに座っている明夜と足元のパピヨンが向き合っている構図で、週刊誌の見開き大にひきのばしたものを、ぼくが自分で、パネル装丁したものだ。

明夜が素直に受けとり、大股に草の上を歩いて、夕日に顔をさらしながら土手の縁に腰をおろす。対岸の河川敷はテニスコートになっていて、視線の向かう先には明夜のアパートがある。

「本物のわたしより、奇麗に写ってるわ」と、紙袋からパネルをとり出し、腕の長さに写真をかざして、明夜が言う。

「おれ、技量《うで》がいいから」

「でもこれでは、嘘になってしまう」

「罪になるほどではないさ」

明夜の右側に、少し離れて腰をおろし、草の匂いにむせそうになる息を、ぼくは静かに我慢する。

「きみ、ちょっと、痩せたかな」

「七キロ」

「そんなに」

「二年前の体重に戻っただけ」

「マラソンを、本気で始めるんだ」

「器用には生きられないの。ほかのこと、なにをやっても楽しくないしね」

「この前は、おれ、余計なことを言いすぎた」

「自分でも分かっていたことよ。分かっていることを晴川くんに言われたから、腹が立ったの。わたし、可愛くない性格でしょう」

性格も可愛くないし、顔だって可愛いタイプでもないし、それでも「変わった人」は明夜にひかれてしまったのだから、責任はすべて、ぼくにある。

「おれ、今、バイトを二つやってるんだ」

「そう」

「来年の春までやって、金を貯めて、アフリカへ行く」

「写真のため？」

「そうでもない」

「旅行？」

「人間が生きることの意味を、自分の目で確かめたい。確かめてどうするかは、分からないけど」

明夜が汗に濡れた髪を額の上にかきあげ、ウエアのジッパーをおろして、足を長く投げ出す。

「きみから見たら、無意味に思えるだろうな」

「例の、あれでしょう」

「うん？」

「いつか言っていた、違和感のこと」

「おれにはまだ、自分のしたいことが分からない。人生に目的のない人間は、目的を探すことから始めるしか、仕方がない」

「それでアフリカ？」

「アフリカではないんだ。アフリカとかインドとかいう、場所ではない。自分自身に行きつけるか、行きつくことに意味があるのか、そういうことを、確認したい」

「疲れそうね」

「マラソンだって疲れるさ。でもきみのように最初から目的のある人からは、ハンデをもらう」

「わたしは、気がついたら、ただ走っていただけ」と、タオルに顎の先をうずめて、うなずくように、明夜が言う。

「人間にはだれにでも、それぞれ、その人なりの才能があるというけど、それは、嘘だと思う。おれも含めてほとんどの人間には、才能なんか、なにもない。だからって、他人の才能を羨むだけの生き方では、自分が可哀そうだ」

「晴川くんとつき合わなかったこと、やっぱり、正解だったわ」

「そうだろうな」

「性格が面倒だものね」

「きみは素直すぎる」

「単純なだけよ。わたしもね、沖縄へ行くことに決めたの」

岸の近くで枯れたススキがゆれ、テニスコートから白いボールが、夕日のなかに大きくこぼれ出す。

「那覇のクラブチームで走るの。手塚さんが監督になって、誘われて、迷っていたけど、晴川くんに会って、決心がついた」

写真のパネルにビニールをかけ、紙袋のなかに戻してから、明夜がまたタオルで顔の汗をふく。その右手の親指に爪を噛んだ痕跡はなく、姿の見えない太陽が土手の上に影をつくって、膝を抱き込んだ明夜が銀色の尾をひいて飛んでいく、彗星のように見える。

「そうか、おれってやっぱり、迂闊なんだよな」と、芝生から腰をあげ、冷たさを増した風から目をかばいながら、コートのボタンをかけて、ぼくが言う。「おれの観察眼なんて、けっきょくは、その程度だ」

「なんのこと？」

「きみのタバコ」

「タバコが？」

「二度目に会ったときは、吸わなくなっていた。おれと知り合わなくても、きみはもう、走ることに決めていた」

背中を反らし、明夜が空をふり仰いで、黒い点のように飛んでいく鳥に向かって、長く息を吹く。

「晴川くん」

「うん?」

「どこかで、コーヒーでも飲む?」

「バイトなんだ。これから朝霞《あさか》まで行く」

「朝霞って?」

「練馬のずっと先」

「遠いわね」

「そうでもないさ。きみ、沖縄へは、いつ?」

「来月。今年中にアパートをひき払って、お正月は故郷《くに》へ帰って、そのあと」

「故郷、石巻だよな」

「言ったかしら」

「聞いてはいないけど、きみのことなら、なんでも知っている」

明夜も腰をあげ、紙袋を胸の横に抱えながら、肩をすくめて、はにかむように笑う。目蓋に散った星のようなソバカスが、ぼくの見ているあいだに、少しずつ色を増してくる。

「写真、ありがとう」

「うん」

「それから、カーテンのことも」

「うん」

「わたしはもう少し、走っていく」

「沖縄、暑いんだろうな」

「アフリカほどでもないと思う」

「気をつけて、な」

「晴川くんもね」

　風がうしろからぼくの耳をかすめ、ぼくは言葉がなくなり、自分の影を追うように、土手の上を歩行橋のほうへ歩きはじめる。立ちどまりたい衝動はあったが、立ちどまっても意味はなく、ふり向くことにもひき返すことにも、なにも意味はない。太った素人ランナーが喘ぎながらぼくを追い越していき、鉄橋を水色の京浜東北線がわたっていく。太陽は沈みきって、名残りの夕焼けが水面を平らにあぶり、枯れたススキを風が執拗にゆらしていく。

　サッカー場からひきあげる高校生が、まばらに歩行橋をわたっていて、そのあとから、ぼくもポケットに両手を入れて歩き出す。目の端を銀色のジョギングスーツがかすめた気もしたが、まばたきと同時に姿を消し、そして突然、駅のほうから、クルマの騒音がよみがえる。

　知らない町が、当たり前のような顔で、知らない町に返っていく。電車の窓からまたこの河川敷を見ることがあっても、もうぼくが山口明夜を探すことはない。そして世界のどこかで、ぼくが自分自身の無意味さを発見してしまったとしても、ぼくはもう、その無意味さを恐れない。

『11月そして12月』
単行本　一九九五年四月　新潮社刊
ノベルズ　一九九七年十月　C★NOVELS刊
文庫　二〇〇九年十月　中公文庫刊

本書は、右文庫を底本として刊行しました。
本文中、今日の人権意識に照らして不適切な語句が見受けられますが、著者が故人であることに鑑みて、底本のままとしました。

装画　わみず
装幀　片岡忠彦

樋口有介

1950年群馬県前橋市生まれ。88年に『ぼくと、ぼくらの夏』で第6回サントリーミステリー大賞読者賞を受賞し、同作は「週刊文春ミステリーベスト10」第4位に。次作『風少女』が直木賞候補となる。著書に『彼女はたぶん魔法を使う』にはじまる〈柚木草平シリーズ〉、時代小説〈船宿たき川捕物暦シリーズ〉、女性刑事が主人公の〈卯月枝衣子シリーズ〉のほか、『ピース』『海泡』『横浜ではまだキスをしない』『魔女』『風の日にララバイ』などがある。2021年没。

11月《がつ》そして12月《がつ》

2024年9月25日　初版発行

著　者　樋《ひ》口《ぐち》有《ゆう》介《すけ》

発行者　安部順一

発行所　中央公論新社

〒100-8152　東京都千代田区大手町1-7-1
電話　販売 03-5299-1730　編集 03-5299-1740
URL https://www.chuko.co.jp/

ＤＴＰ　平面惑星
印　刷　大日本印刷
製　本　小泉製本

Published by CHUOKORON-SHINSHA, INC.
Printed in Japan　ISBN978-4-12-005830-1 C0093

中央公論新社の本

邪《や》行《こう》のビビウ

東山彰良

呪術で死者を操る十七歳の邪行少女ビビウ・ニエは、政府軍と反乱軍が争う戦場で何をしたのか？　直木賞作家がふたたび戦争を描いた、美しくも切ない大河小説。

単行本

嘘つきな彼との話

三羽省吾

わけあって故郷に背を向け、孤独に、不器用に生きる二十歳の一郎と二十四歳の辰巳。魂が惹かれ合うように運命的な出会いを果たした二人の、感涙の人生ドラマ。

ぼくらは、まだ少し期待している

木地雅映子

高校三年の輝明は、失踪した同級生あさひの行方を追い始める。彼女の過酷な生い立ちを知った輝明は……。名作『氷の海のガレオン』の著者、十年ぶりの新作。